언론인 출신 사회복지사가 쓴
목동중앙데이케어센터 뒷이야기

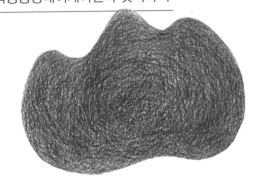

여기가
우리들의
친정여!

권
주
만

에
세
이

청어 도서출판

언론인 출신 사회복지사가 쓴
목동중앙데이케어센터 뒷이야기

여기가
우리들의
친정여!

권
주
만

에
세
이

차례

2부

꽃 중에 사람 꽃이 제일 이뻐

프롤로그

"아빠, 내년 칠순 잔치 어떻게 할까요?"

언젠가 작은아들이 나한테 한 질문이다. 한동안 아들의 얼굴을 쳐다보다 "왜, 형이 걱정하더냐?" 했다. 나는 70이 되어간다는 사실의 무게를 느끼지 않고 살아왔다. 그 무게가 스스로부터 제기되는 것이 아니라 주변으로부터 오는 것을 자주 느낀다.

기자 시절 출입처에서 만났던 공무원들이 책을 한번 써보라고 권했다. 그동안 언론인으로의 삶을 접고 새롭게 시작한 일에 감정을 담아 써보라고 한다. 그렇지 않아도 치매 등 노인성질환 어르신들에 대한 관심이 높아지면서 내가 시작한 일에 대한 주변의 관심도 크다. 그걸 쓰고자 했다. 나는 2015년 12월부터 치매 등 노인성질환 어르신들을 돌보는 주야간노인복지센터, 즉 데이케어센터인 '목동중앙데이케어센터'를 설립해 9년째 운영하고 있다. 기자 생활을 하다 언론인 생활과는 전혀 다른 영역에 진출했다. 여기서 겪고 느꼈던 일들을 시간이 날 때마다 그때그때 정리해 두었다. 이제 좀 안정이 되어서 정리 둔 것들을 찾아 읽기 시작한 것이 최근이다.

센터를 세우기 위해 건물을 찾아다녔던 일들과 센터를 세우고 이용자인 어르신들을 모으기 위해 뛰었던 일, 센터를 운영하면서 있었던 갈등과 어르신들의 반응 등, 퇴직 후 삶과 저출산문제에 대한 나름의 생각 등을 정리했다.

돌이켜보면 백지상태에서 시작한 어르신들에 대한 돌봄사업이 무모하고 저돌적이었음을 이 자리를 빌려 고백한다. 많은 시행착오도 있었다. 그때마다 찾아가서 상담을 요청했을 때, 바쁜 중에도 마다하지 않고 응해주고 친절하게 경험을 들려주었던 양천구와 강서구 지역 동업자들에게 감사를 드린다.

나에게 찾아와서 조언을 부탁한 사람들에게는 이것저것 따지지 말고 앞만 보고 나가라고 조언해 주었다. 지엽적인 것들을 너무 고려하다 보면 되는 일이 없었다. 이제야 생각해 보면 그것이 정답이다. 그 생각에는 달리 설명할 수가 없다. 그로 인해 빚어지는 부작용은 대부분 감당할 수 있는 것들이다. 정답은 없다.

현역 시절 가장 큰 고민은 퇴직 후 삶이었다. 한국인들은 격을 따진다. 퇴직 전의 격을 퇴직 후에는 지금의 삶과 어떻게 조화를 시킬 것인가에 대한 나의 마음가짐이 중요하다는 생각을 했다. 그래서 나는 오직 목적만을 향해서 정진했다. 내가 흐트러지면 자신뿐만 아니라 주변 사람까지 불안해진다. 센터를 이용하는 어르신들과 종사하는 직원들에게 안전하고 건강한 센터로 인도해 달라고 기도한다. 또한 보이지 않는 곳에서 날 위해 기도해 주는 분들께 감사를 드린다.

처음 시작하는 사업에 힘이 됐던 것은 가족들의 지지다. 항상 긍정적인 힘으로 버팀목이 되어 주셨던 숙부 권호경 목사님(사회복지법인 Life Of The Children 회장), 복지계 좋은 사람들을 연결해 준 아내 박노숙 관장(목동어르신복지관 관장, 한국노인복지관협회 회장), 미국에서 사회복지를 공부하고 있는 큰아들 순형이(일리노이주립대 박사과정), 재미있다며 아빠 일에 동참한 작은아들 순걸이와 며느리 박진아, 보면 볼수록 기쁨을 주는 예쁜 손자 해준이와 해솔이…

그리고 어렴풋이 귓전을 울리는 할머니의 말씀 "항상 주 안에 있어라(Always be in the Lord)" 하신 말씀을 기억한다.

들어가면서

1. 내 이름으로 된 사업을 한다.
2. 평생을 죽을 때까지할 수 있는 일을 한다.
3. 사회적으로 의미 있는 일을 한다.

이처럼 나름의 방향을 설정한 것은 2015년 7월이다.

겁 없이 시작은 했지만 만만치 않았다. 조언해 주는 사람들은 두 부류로 나눌 수 있다. 우선은 어떤 사업이든 개념 설정이 중요하다고 했다. 사회적으로 의미 있는 일이란 추상적인 개념에서 시작은 하지만 구체화할 것을 주문했다. 그 깊이에서 자신이 그동안 살아오면서 느낀 것이 반영되는 사업 중에서 재미있게 할 수 있는 일을 선택하는 것이다. 그 일을 사업의 대상으로 한다면 앞에 내세운 3가지 조건을 충족시킬 수 있다는 것이었다. 그것이 내 생각이었다. 좋아하는 일을 평생직업으로 선택하는 것보다 바람직한 일은 없을 것이다.

이런 방향으로 생각을 구체화하면서 2008년부터 '주야간노인복지사업'을 해 온 사람들을 만났다. 그들은 여러 가지 일들을 주문했다. 전문적인 용어는 머리에 들어오지 않았다. 가장 중요하게 여긴 것은 센터 운영에 있어서 경제적으로 어려움이 없어야 하겠다는 점이다.

결론적으로 말하면 크게 하라는 것이었다. 얼마나 크게? 대략 40명 이상이었다. 그들의 경험에서 나온 것이었다. 실제로 운영해 보니 그들의 조언을 듣기를 잘했다고 생각한다. 돈 벌 생각보다는 안정적인 운영에 초점이 맞춰진 주문이었다. 은퇴 후하는 일이니만큼 위험 부담을 최소화하는 것이 바람직하다는 주문이었다. 우리 센터의 규모는 건물 5층 전체 111평으로 47명 시설이다. 시작할 때는 양천구에서 가장 큰 규모였고, 시설이 많은 강서구를 합해서도 3, 4위 안에 들어가는 시설이었다.

건물을 찾는 것도 만만치 않았다. 건물주는 노인복지시설이 입주하면 건물 망친다며 허락하지 않았다. 40여 건물을 돌아다니며 설득했지만 만만치 않았다. 건물주 대부분은 60이 넘은 사람들이었다. 현재 입주해 있는 건물은 이제 마지막이다. 안되면 다른 사업을 한다. 다짐하고 찾아간 건물이었다.

사회복지 중에서도 노인복지 시설을 꾸미며 풀어내는 것도 만만치 않았다. 과정 과정에 돌발하는 상황이 벌어졌고 장애물도 많았다. 가장 힘든 일은 사람을 대하는 일이었다. 나중에 생각을 전면적으로 수정했지만 기자 생활만을 해 온 자신이 너무 힘든 일이었다. 언론인은 취재와 관련해서 취재원에게 한마디 하면 모든 일의 결과를 얻을 수 있었다. 거침도 막힘도 없었다.

시설 공사를 할 때는 그 분야 일꾼이 최고였다. 안 움직이면 일이 정지됐다. 내 맘은 타들어 가는데 그들은 시간이 돼서야 오고 시간이 되면 짐을 싼다. 위아래 층 사업하는 사람들과의 관계도 중요했다. 공사로 발생하는 소음과 먼지, 진동 등등 너무나 복잡했다. 그런 과정을 거쳐서 작은 또 하나의 세상이 조성되어 갔다.

그 모든 과정은 관청으로부터 노인복지사업을 위한 시설로 지정을 받기 위한 것이다. 지정 절차 중 가장 민감한 부분은 소방과 장애인, 즉 노유자시설로 용도를 변경하는 일이었다. 소방 부문은 인가를 받은 소방전문업체에 의뢰해서 작업을 추진하면 그만이다. 장애인 관련 시설은 건물을 새로 짓는 것이 아니라 기존 건물을 변경하는 것이어서 애로사항이 많았다. 특히 아래층에서 영업 중일 경우 수도와 가스관 이설작업, 화장실 구조변경에 애를 많이 먹었다. 심한 경우엔 정말 포기해야 하나 고민도 했다. 소방 분야는 공사 중에도 새로운 법 제정 등으로 인한 신규장치를 설치해야 하는 일도 있었다. 아무튼 부족한 부분을 이해해 주고 도와준 분들께 감사를 드린다.

정작 지정을 받은 뒤에도 중요한 문제는 시설을 이용하는 어르신들을 모으는 일이다. 나와 비슷한 시기에 준비한 양천구 어느 시설은 어르신들을 모으지 못해 얼마 지나지 않아 폐쇄한 시설도 있었다. 나도 홍보를 위해 많은 경비를 지출했다. 법률을 위반한 것이지만 전단지 30만 장, 그리고 현수막 150장과 족자 180장 등 320장을 만들어서 게시했다. 지역에서 가장 많이 구독하는 일간지와 경제지에 전단지를 삽입하기도 했다. 주말에 삽입해 놓고 월요일에 반응을 기다렸다. 그러나 전화 10여 통으로 그쳤다. 그야말로 실망스러운 반응이었다. 그러나 실망하고 좌절할 수만은 없는 상황이었다. 가장 효과적인 것은 현수막과 강서구청구정신문 '까치뉴스'였다. 궁금해서 상담해 오는 보호자들을 대상으로 무엇을 보고 왔는지를 항상 확인했다. 아무튼 나름 불모지에서 6개월 만에 정원을 채웠다. 지금 생각해 보면 당시에는 이 분야에 백지상태였다. 그리고 이것저것 따지다 보면 답답할 뿐이고 무식했음을 고백한다. 어르신 47명을 채우는 일이 쉬운 것은 아니었다. 나중에 보니 더욱 쉽게 어르신들을 채우는 전문가들도 만나봤다.

또 하나는 직원 문제다. 쉽지 않았다. 직원들을 빨리 모집하기 위해 정년을 없앤 것이 주효했다. 그래선지 복지관에서 60세에 정년하고 일하겠다며 지원하는 사람들이 많았다. 사람이 많이 모이다 보면 별의별 사람과 사건들이 발생하기 마련이다. 나이로 군림하려는 사람, 전에 직장을 내세우며 자기 과시하는 사람, 자신이 전문가라며 상대를 내려 보는 사람, 일은 대충하면서 관리자에 아첨하는 사람 등 다양했다.

기준이 필요했다. 항상 그때마다 내가 기준임을 강조했다. 내가 제시하지 않은 전 직장에서의 경험은 참고 사항일 뿐 적용하지 않도록 했다. 초창기에는 매주 수요일마다 직원회의를 열어 반복에 반복을 거듭하며 앵무새처럼 교육했다. 그래도 안정되는 데는 많은 시간이 흘렀다. 그래서 얻은 교훈은 "센터에서 필요한 사람은 있지만, 만족스러운 사람이 모이기까지는 시간이 다소 지연될 뿐이다."

지역사회와 관계를 가까이하는 것도 중요하다. 그래서 센터가 있는 목3동사무소의 주민 자치위원으로 활동했고 향우회도 수소문해 찾았다. 과정 과정에서 부딪치는 일들이 때로는 자존심을 상하게 하는 일들도 많았다. 하지만 지역사회에 뿌리를 잘 내릴 때 내가 하는 사업의 토대를 튼튼히 할 수 있다. 그래서 힘들수록 지역사회에서 실현해 가면서 보람을 느껴가는 것이 사업을 성공적으로 이어갈 수 있도록 하는 촉매제라는 생각을 한다. 시련은 성장의 과정이며 성장을 위한 동력이라는 생각을 한다. 그 일들의 이야기들을 모아서 정리하고자 이 글을 시작한다.

매사에 나의 일에 간섭하시고 동행하시는 하나님! 감사합니다.

제1부

여기에 나와야 웃어

'가지 않은 길'을 위한 준비

나는 가보지 않은 길에 대해서는 깊이 생각해 본 적은 거의 없다. 대학 시절엔 경영인이 되겠다는 막연한 꿈을 가졌다. 먼 미래에는 사회복지 일에 희망을 두는 것도 바람직하겠다는 막연한 그림을 그린 적은 있었다.

나는 고등학교를 졸업하고 포항제철에 입사했다. 한 달 동안 연수원에서 교육받고 배치된 곳은 제강공장 제강정비과 제강정비 파트였다. 자동차과를 졸업했고 정비사 자격증을 가지고 있는 것이 감안된 것 같다. 당시 포항제철은 초창기였기 때문에 국민적인 관심이 큰 국영기업이었다. 포항제철은 68년 영일만을 간척하는 일을 시작으로 착공했다. 공장이 가동된 것은 73년 4월 1일로 기억한다.

내가 입사한 75년은 포항제철의 초창기였다. 사고가 많았다. 뜨거운 쇳물과 무거운 쇳덩이를 다루는 공장이었기 때문에 사고가 발생하면 대부분 상상할 수 없는 큰 사고들이었다. 내가 투입된 제강정비는 쇳물 제조 과정이 원활히 이루어지도록 기계들을 돌보는 분야다. 당시 제강공장 넓이는 5천여 평, 높이는 가장 높았던 종로2가의 31빌딩 높이의 공장 구석구석을 살펴야 한다. 게을리하면 공장을 가동하는데 차질이 발생해 천문학적인 손실이 발생하고 사고가 발생하면 동료들의 생명을 위협하기 때문이다. 그래서 기계 수리를 위해서 여러 날을 퇴근하지 못하는 경우도 많았다.

사고 날 때마다 사무직 간부들은 정비파트 직원들을 대상으로 '공돌이'라며 화풀이했다. 나는 그 소리를 들을 때마다 자존감이 상해서 정신이 혼란스러웠다. 그 소리가 듣기 싫어 회사를 그만두고 1979년 6월 18일 군에 입대했다. 1982년 2월 제대 후 대학에 진학했다. 고등학교 졸업 후 8년 만이다. 우리 5남매 중 여동생 2명을 제외한 3형제는 지금은 대우의 프레지오 아파트로 재건축된 잠실 시영아파트 13평에서 자취했다. 나중에 대학에 진학하면서 여동생들도 합류했다.

나는 대학 4학년 때인 1986년 11월 20일 CBS에 입사했다. 그에 앞서 86년 9월 27일에 결혼도 했다. 당시 CBS에는 결혼하고 입사한 경우는 흔치 않았던 모양이다. 나중에 들은 이야기지만 CBS에서 일하는 여직원들이 결혼하고 입사한 나에 대한 아쉬움이 컸다는 이야기를 들었다. 당시 CBS에는 보도와 광고 기능이 없었다. 전두환 등 군부가 정권을 잡으면서 비판적인 CBS는 종교방송이라는 이유로 언론사로서 가장 중요한 보도와 광고 기능을 중단시켰다. 아마도 CBS를 눈 안의 터럭으로 간주했던 모양이다. 그만큼 자신들의 정권쟁탈이 부도덕했음을 암시한 것이란 생각이 든다. CBS는 1987년 10월 15일 6년 11개월만에 뉴스가 부활했다.

CBS는 1992년이 돼서야 홈페이지를 구축했다. CBS가 인터넷에 홈페이지 구축은 다소 늦은 감이 없지 않다. 직원들은 홈페이지에 들어가기 위해서는 ID와 Password가 필요했다. 나는 ID는 today2010, Password는 음력생일인 560817로 했다. ID는 '매일, 매일을 오늘처럼 일하다.' 그리고 '2010년쯤 회사를 그만두겠다.'는 내 의지를 반영했다. 나는 내 의지를 4년 늦춘 2014년 12월 31일자로 CBS를 사직했다.

회사를 그만두면 무엇을 할 것인가?

평소 고민을 많이 했다. 막연하게 떠오른 것은 사회복지였다. 또 쉽게 접근할 수 있을 것이라는 기대가 있었던 것도 사실이다. 그즈음에 나는 신설이 확정된 대전CBS 보도제작국장 겸 총무팀장으로 파견이 결정됐다. 1998년은 외환위기 시절이었다. 이때 지방 발령은 가능하면 피하고 싶은 시절이었다. 어느 회사나 어려운 시절인데 경제적으로 더 열악한 지방에서 생활은 선뜻 내키지 않았다. 더욱이 방송국을 만들고 터를 잡아야 하는 신설 대전CBS 보도제작국장은 승진이었지만 두려움이 앞섰다. IMF라는 경제적 암흑기에는 교회도 어려움을 호소하는 상황이었다.

예상대로 어려웠다. 당시 대전에는 우리보다 10년 전에 선점한 복음방송인 극동방송이 자리를 잡고 있었다. 그래서 기독교방송이 있는데 또 다른 기독교방송이 왜 허가됐는지 모르겠다며 대전지역 기독교계의 불만이 만만치 않았다. 심지어 'CBS는 기독교 사회 성장의 과실만을 노린다'는 논리를 펴는 교계 인사들도 있었다.

나의 주 업무는 보도와 방송제작이지만 교회의 방문을 소홀히 할 수 없었다. 다행히 방문하는 교회마다 나를 거들어 주는 친구들이 있었다. 나는 부여군 홍산면에 있는 홍산중학교를 1971년 졸업했다. 420명이 입학해서 389명이 졸업했다. 입학한 친구들 상당수는 졸업 전에 서울과 대전 등지로 전학했다. 중학교를 졸업한 친구들은 주로 고향에서 학업을 계속하며 농사를 짓거나 대전지역과 서울로 진학했다. 안정적인 공무원과 교육 분야로 꽤 많이 진출했다. 대전에 근무하면서 중학교 동창 중에 기독교인들이 많다는 사실을 확인하고 놀라웠다. 우리 중학교 동기동창 중 목사님이 3명, 장로님이 나를 포함해서 17명이었다. 방문하는 교회마다 친구들이 있어서 나에게는 많은 도움이 됐다.

학업에도 관심을 가졌다. 과거와 현재의 내 모습에서 미래의 나를 찾는 것은 지속적인 학업에 대한 관심이다. 나는 이를 컨셉(concept)이라고 했다. 미래에 대한 나의 concept은 자연스럽게 사회복지였다. 고려대학교 조치원분교를 선택했다. 대학원 동료들은 대부분 사회복지 분야에서 일하고 있어 지금도 좋은 관계를 유지하고 있다.

초심

　가수 하춘화가 KBS 아침마당에 오늘(2017. 12. 6) 출연했다. 유명인들은 마주 대하든 TV에서 보든, 진지하게 보기보다는 대충 보기일쑤였다. 하춘화는 1992년 여름쯤 무슨 일인지 기억에는 없지만 보건사회부 기자실을 방문해서 자신의 사업을 설명한 적이 있다. 이때 처음으로 가수 하춘화를 가장 가까이에서 본 것 같다.

　오늘 하춘화가 출연한 프로그램은 무명가수 다섯 사람이 경합을 벌여 5승을 한 사람이 가수로 첫발을 딛고, 유명 작곡가의 곡을 상품으로 받는 프로그램이다. 하춘화가 출연 가수 지망생들에게 들려준 말이 나의 가슴에 다가왔다. 하춘화는 "나는 초심을 잃지 않기 위해 가수를 시작하면서 처음으로 불렀던 노래를 자주 듣는다."고 했다. 그 이유는 "그때 자신의 음색이나 열정이 노래에 배어있기 때문"이라고 설명했다.

　하춘화가 지망생들에게 들려준 이야기를 들으면서 '초심'이란 단어가 새롭게 다가왔다. 내가 사업을 시작한 지 오늘이 딱 2년째다. 공사 기간까지 생각하면 2년 몇 개월이 된다. 그런 나에게 '초심'이라는 단어는 흩어질 수도 있는 자신을 붙잡아 주는 이야기로 들렸다. TV를 보면서 감동으로 눈물을 흘리는 것은 흔하지만 일과 관련해서는 처음이다.

　내일이면 이 사업을 시작한 뒤 3년째로 접어든다. 초심을 염두에 두고 흔들리지 않고 앞으로 정진하는 것은 중요하다. 사업하는 사람에게서는 초심을 되돌아보면서 힘을 얻기도 한다. 초심을 잃지 않고 그 생각, 그 정신을 계속해서 떠올리며 일을 추진해 가는 것은 중요하고도 중요하다.

　내 책장에는 센터 설계도, 20여 기관을 방문하면서 기록한 느낌과 분위기 그리고 자신의 생각을 기록한 메모 등 설립을 준비하면서 모아둔 자료들이 꽂혀있다. 그 자료들을 넘겨보면서 준비하던 그때를 회상하기도 한다. 4, 50년 동안 무대를 장악해 온 유명 가수가 자신의 초심을 지키기 위해 맨 처음 무대에서 부른 노래를 듣는다고 고백하는 것은 자신을 더욱 빛내기 위한 '내강외유'라는 생각이다.

　사회복지에서는 이를 자존감의 회복 또는 유지로 설명한다. '초심'으로 자신의 자세를 흐트러지지 않도록 하려는 끈질긴 노력이라는 생각을 한다. 초심을 잃지 않으려는 자세는 자신을 지키는 일이고 자신을 한 단계 성장시키는 동력을 얻어내는 시도라고 생각한다. 자신이 시작하고 즐기고 성장시키기 위해서는 '초심'을 잘 간직하고 반복해서 연상하는 것이 중요하다. 이를 강조하는 것에 게을러서도 안 된다.

관심

나는 매일 아침 6시 10분이면 센터에 도착한다. 날씨가 추워지면 사무실에 조금 더 일찍 나온다. 우리 센터는 111평이다. 주방과 화장실, 세탁실, 목욕실을 제외하고는 바닥에 온수 보일러를 설치했다. 바닥 온도를 높이면 실내온도는 따라서 올라가는 구조로 되어있다. 급하게 실내온도를 높이기 위해서는 천정에 설치한 냉난방겸용기를 가동한다. 지금까지 실내온도를 높이기 위해 천정의 난방기를 작동시킨 것은 며칠에 불과하다. 그만큼 난방장치는 충분하다고 생각한다.

실내온도를 1도 올리는데 보일러를 1시간 정도 가동해야 한다. 추워지면 그 시간이 비례해서 늘어난다. 월요일 아침에는 실내온도가 보통 14~15도 정도를 유지한다. 토요일 저녁부터 주일 내내 보일러를 틀지 않기 때문이다. 평일에는 18~19도, 추울 때는 17도 정도를 나타낸다. 영하 15도 이하로 추울 때는 반드시 '외출' 버튼을 작동시켜서 밤새 동파 등의 사고가 발생하는 것을 예방한다.

오늘 아침은 영하 8도라고 매스컴에서 난리다. 아침에 오니 실내온도는 18도, 2시간이 지나면서 20도를 넘어서 훈훈해지기 시작한다. 엘리베이터 앞에 설치한 천정난방기를 어르신들 도착 전 10분

전에 가동한다. 로비 전체가 따뜻해진다. 문명의 이기는 우리들의 삶을 편안하게 하고 자연의 어떠한 변화에 대해서도 능동적으로 대처하도록 한다. 하지만 문명의 이기 앞에서 겸손해져야 한다.

자연으로부터 오는 혜택을 우리 스스로 수용하면서도 너무나 자연스럽게 생각하는 경우가 많다. 그런 혜택을 누리면서 인간들에게 유리한 쪽으로만 유도해 간다면 피해를 당하는 반대쪽에서는 반발하는 반작용이 있을 수 있기 때문이다. 그래서 우리에게는 관심이 필요하다. 편리한 것에만 관심을 가질 것이 아니라 그로 인해 영향을 당하는 반대에 대해서도 관심이 필요하다.

우리들이 살아가면서 자기중심적으로 살아가지만 나 아닌 우리라는 범위 안의 사람들, 즉 이웃에 대한 관심과 배려도 중요하다는 것이다. 그것이 행복한 삶이다. 행복은 자기 혼자만이 아니라 타인과 더불어 누릴 때 진정한 행복이다.

자신이 행복하다지만 밖에 나가면 그렇지 않은 사람들을 숱하게 볼 수 있다. 그때마다 자신의 행복은 반감된다. 나와 너 즉 우리의 행복을 추구해 나가야 한다. 우리 '목동중앙데이케어센터'가 추구하는 방향이기도 하다. 그래서 감사하다.

치매

무병장수(無病長壽)는 인간 최대의 꿈이다. 중국 천하를 통일한 진나라의 진시황은 불로초를 구하기 위해 동쪽 나라 조선을 찾았다는 전설 같은 이야기도 전해져 온다. 무병장수의 꿈은 지위고하, 빈부를 떠나 고금(古今)으로부터 인간의 오랜 소망이다.

마침내 장수(長壽)의 꿈은 조금씩 이뤄지고 있다. 옛날 진시황 시대의 평균 수명에 비하면, 현대인들은 비교할 수 없을 정도로 오래 산다. 인간의 장수 욕망에 대한 한계를 향해 인류는 그 끝없는 목표를 위해 무던히 노력하고 있다.

오래 사는 것도 중요하지만 행복한 장수를 위해서는 무병(無病)이라는 벽을 넘어야 한다. 건강하지 못한 '병약한 장수(長壽)'는 장수라는 기쁨을 누리기보다는 가족 등 주변 사람을 어렵게 하거나 치료 등을 위해 엄청난 비용을 부담하게 한다. 그래서 병약한 장수는 자신에게 고통일 뿐만 아니라 가족 모두에게 부담으로 작용한다. 아프지 않고 오래 사는 것은 당사자는 물론 가족 모두에게 행복뿐만 아니라 가정의 안정과 사회의 평화 그리고 재정적인 여유를 갖게 한다.

우리나라는 고령화 속도가 세계에서 가장 빠르게 진행되고 있는 국가다. 2018년에는 65세 이상 노인인구가 14.3%에 달하는 고령사회(14% 이상)로 진입했다. 10년 뒤인 2026년에는 20.8%로 초고령사회(20% 이상) 진입이 예상되고 있다. 고령화 속도가 이렇게 빠르게 진행된다면 2050년에는 38.2%로 일본보다 높은 고령사회가 된다는 것이 연구자들의 경고다.

그럼에도 장수의 꿈은 실현되어 가고 있다. 장수(長壽)의 꿈이 실현되어 감에도 질병에 대해서는 자유롭지 못하다. 그래서 질병에는 장수(將帥)가 없다. 건강에 관심이 높아지면서 의료기술 수준이 향상되고 그 영향으로 고령화의 속도가 빨라지고 있다. 반면에 새로운 고가의 의료장비가 갖춰지면서 질병들의 원인도 새롭게 구체적으로 밝혀지고 있다. 따라서 노인인구의 진료비 비중이 큰 폭으로 증가하고 있다. 노인인구 비중은 2015년 전체 인구의 13.1%를 차지하고 있지만 진료비는 비노인인구 진료비의 4배에 달한다. 이러한 지표들은 건강한 장수보다는 병약한 장수가 진행되고 있다는 사실을 반증하고 있다.

노인성 질병은 넓은 의미로 노화현상이 그 원인이 되어 일어나는 질병을 말한다. 중년기인 40~60세 사이의 연령층에서 발생하는 만성 퇴행성 질환인 성인병을 포함해, 협의로는 65세 이상에서 노화현상이 원인이 돼서 발생하는 질병이다. 우리가 흔히 말하는 노인성 질병에는 혈관성치매, 알츠하이머형 치매, 파킨슨병, 퇴행성관절염, 류머티즘 관절염, 골다공증, 뇌졸중, 백내장, 요실금, 당뇨병, 소화성

궤양, 만성 폐쇄성 폐질환, 노년기 불면증, 노년기 피부 문제 등이 있다. 이런 질병 가운데 현재 우리 사회에서 많이 발생하는 4대 노인성 질병은 치매, 퇴행성관절염, 뇌졸중, 요실금 등으로 나뉜다.

내가 몸을 담고 있는 '목동중앙데이케어센터'를 이용하는 어르신들도 대부분 치매를 중심으로 여러 가지 질병을 복합적으로 가지고 있다. 치매는 조용하게 구체적으로 찾아오는 노인성 질병이다. 증가 속도도 빨라지고 있다. 분당서울대병원 김기웅 교수팀은 최근 우리나라에서 12분(分)에 1명씩 치매환자가 발생하고 있다는 연구결과를 발표했다. 국내 치매환자는 2013년 57만 명에서 2024년에는 101만 명으로 증가할 것으로 전망됐다. 전체 노인인구에서 치매환자가 차지하는 비율인 치매 유병률도 2013년 9.4%에서 2024년에는 10.2%에 달할 것으로 조사됐다. 노인인구 10명 중 1명은 치매환자라는 설명이다.

치매가 심각한 것은 기억상실로 빚어지는 사회적인 문제다. 어느 시점 이후의 사실과 집 등을 기억하지 못한다. 기억상실로 인해서 치매환자의 실종사건이 매년 증가하고 있다. 치매환자 실종 사례는 2011년 7,604명에서, 2014년 8,207건으로 매년 증가해 4년간 모두 3만1,444건에 달했다. 같은 기간에 실종 환자를 찾지 못한 경우도 78건에 달한다. 우리 센터 어르신 중에서도 댁에서 갑자기 어디론가 사라져서 얼굴 등 온몸이 피투성이가 돼서 경찰을 거쳐서 집으로 돌아온 경우가 있었다.

치매 어르신이 있는 가정에서는 치매가 더욱 깊어지지 않도록 하는 장치를 마련해야 한다. 어르신의 외출을 막기 위한 장치가 상시 준비되어 있어야 한다. 치매 어르신을 경찰서에 치매환자 등록을 해 놓는 것이 도움이다. 치매환자 등록을 해 놓으면 갑자기 어르신이 행방이 묘연할 때 쉽게 찾을 수 있다. '데이케어센터'는 보호자들의 정상적인 경제활동과 사회활동을 돕기 위한 제도적인 장치다. '데이케어'는 직장생활 하는 보호자들이 치매로 가정에 계신 어르신을 가장 적극적으로 이용할 수 있는 국가적인 보호장치다. 가족들이 치매 어르신으로 인한 정신적인 피로를 덜어낼 수 있다. '데이케어센터'를 이용하는 보호자들의 만족도는 매우 높다. 그만큼 어르신에게는 안전하고 보호자에게는 안정적으로 경제활동과 사회활동을 할 수 있기 때문이다.

치매는 신경심리검사 등을 통해서 초기 진단이 가능하다고 한다. 뇌 촬영과 혈액검사, 뇌파와 갑상선 기능 검사 등을 통해 원인을 파악해 치료하면 50%는 예방할 수 있다고 의사들은 밝힌다. 의사들은 근본적으로 치매를 예방하기 위해서는 1주일에 3일 정도 땀이 나는 유산소운동과 사회활동에서의 대화 등을 통해 뇌 활동을 촉진시켜야 한다고 강조한다. 금주와 금연은 필수다. 영양소를 골고루 섭취하는 것도 기본적인 사항이다.

치매치료제 개발은 전 세계 의료진들의 꿈이지만 획기적인 성과를 거두지는 못하고 있다. 이런 사정으로 '데이케어센터' 등에서는 치매를 앓고 있는 어르신들에게 작업치료 쪽을 선용하고 있다. 작업치료는 일상의 활동들을 치료 목적으로 활용하는 것이다. '목동중앙데이케어센터'에서도 인지재활과 사회심리훈련, 신체재활훈련 등을 통한 작업치료를 병행하고 있다. 치매는 사전 예방이 최선의 방책이지만, 이미 치매가 확정된 경우에는 적절한 작업치료 방식을 통해서 치매의 진행속도를 늦추거나 지연시키는 것이 최선의 방안이다.

'데이케어센터'는 쾌적한 공간에서 치매 어르신들에게 위에서 설명한 다양한 서비스를 제공하는 공간이다. 가족에게는 어르신이 보호받는 시간에 개인 활동 및 경제활동을 할 수 있는 시간을 보장한다. 또한 산업화와 핵가족 등으로 가족기능이 약화되어 보호받기 어려운 가족구성원들에게 사회활동과 경제활동이 원활히 하도록 해서 가족들의 경제적, 정신적인 부담을 완화시켜 지지해 준다.

과거 가족구성원에게 맡겨두거나 방치했던 치매 어르신들의 보호를 사회가 책임지는 것이다. 정부는 장기요양보험을 통해 비용의 대부분을 감당하고 보호자는 15~20%를 부담한다. 치매 어르신 가정이 '데이케어센터' 적극적으로 이용할 수 있도록 하고 전국적으로 활성화시키기 위한 방안이다.

정부는 '치매국가책임제'를 내세우고 각종 시스템을 정비하고 있다. 의학계에서도 치매치료제 개발에 몰입하고 있다. 다행히 장기요양보험제도가 정착되어 가고 있어 치매 어르신들을 돌보고 있지만 효율성을 제고하기 위한 틈새가 없는지 다양한 제도 보완이 필요한 실정이다.

특히 돌봄서비스를 제공하고 있는 돌봄 노동자들에게 적절한 보상과 서비스의 질적인 수준을 향상시키기 위한 다각적인 대안 마련이 필요하다. 돌봄 노동은 감정노동이다. 어르신들로부터, 함께 일하는 동료로부터 당하는 감정조절의 어려움을 위한 대안 마련은 시설 운영자뿐만 아니라 정부 차원에서 적극적으로 나서야 한다.

여기가 우리들의 친정여!

43년 동안 초등학교에서 교편을 잡았던 36년생 여자 어른이 계셨다. 지금은 가정 사정으로 요양원으로 가셨다. 초등학교에서 교감선생님으로 퇴직하신 어른은 말주변이 남달랐다. 입소 초기에는 막말과 육두문자로 자신이 이곳에 온 것이 억울하다고 호소했다. 어르신이 적응할 수 있을까 걱정이 컸다. 보호자들도 거의 매일 우리 어머니가 어떠신지 염려 섞인 전화를 했다.

어르신의 치매 증상은 심각했다. 자신을 센터에 보낸 자식들에 대한 불만과 억울함이 이만저만이 아니었다. 자신은 집에 있어도 정상적인 생활을 할 수 있는데 이곳에 보냈다며 불만이 컸다. 더더욱 자신은 치매가 아니라는 사실을 직원들에게 호소했다. 그러면서 자식들에 대한 불만을 노골적으로 드러냈다. 건물까지 사줬는데 엄마를 이런 곳에 보냈다며 그래서는 안 되는데 하면서 불만을 드러냈다. 대부분의 어르신은 자식들에 대해서는 험담하지 않는다.

가끔씩 어르신을 모시고 나오는 작은 며느리에 대해서는 남달랐다. 물론 초창기에 적응기까지 1달여 동안에는 성토의 대상이기는 했지만 1년여 이용하시면서 작은며느리에 대한 칭찬은 대단하셨다.

작은 며느님도 지혜롭게 시어머니를 잘 보살폈다. 작은 며느님은 어르신이 가장 예뻐하는 손녀딸에게 센터에서 자원봉사를 하도록 했다. 자연스럽게 손녀딸이 올 때마다 다른 어르신들에게 손녀딸 자랑을 늘어놓으셨다. 이렇게 어르신의 자존감을 높여주는 것은 작은 며느리의 지혜다. 손녀딸은 대학에 합격한 뒤에도 몇 개월 동안 자원봉사를 계속해서 요양원에서의 어르신의 생활을 전해 들을 수 있었다.

어르신의 센터 생활은 충격의 연속이었다. 명상프로그램 시간에서 있었던 이야기다. 명상 시간은 대략 2~30분 동안 조용한 음악을 들려주면서 과거에 좋았던 이야기를 회상하도록 한다. 이후 돌아가면서 좋았던 이야기들을 발표하도록 한다. 어르신들은 대부분 자신을 드러내고 싶거나 자랑하고 싶은 이야기들을 이어간다. 이야기를 들으면서 웃기도 하지만 특별하지 않고는 대부분 무표정하다.

어느 어르신은 10대에 큰 식당을 운영하는 시댁으로 시집와서 종일 놋쇠 그릇을 닦아야 했던 일을 거의 매일 반복해서 이야기했다. 기쁘다기보다는 큰 식당을 운영했음을 자랑한 것이다. 또 다른 어르신은 남편은 경찰관이었는데 한여름에 들판으로 오전 오후 새참을 이야기를 강조했다. 호남지역에서 부농이었음을 드러내고 싶은 것이다.

마지막으로 교사 출신 어르신의 이야기는 충격이다. 어르신은 가장 기뻤을 때를 "우리 남편이 죽었을 때"라고 했다. 어르신의 충격적인 답변에 다른 어르신들은 경악을 금치 못했다. 함께했던 강사도,

어르신들도, 요양보호사도 놀라지 않을 수 없었다.

어르신의 남편은 같이 교편생활을 했고 교장으로 교직을 마쳤다. 보수적인 남편은 가정생활도 엄했다. 이런 이야기는 만들어 낸 것이 아니라, 가슴 저변에 담긴 기본감정이 아닐까 생각한다. 치매는 본성을 드러낸다고 한다. 4~5살 어린이는 거짓말을 할 줄 모른다. 치매 어르신은 4~5살 어르신과 비슷한 수준의 지능을 보인다고 한다. 어르신의 이 생각은 남편에 대한 당시 감정일 것이라는 생각을 하면서 치매가 비극을 안겨주는 것이라는 생각한다. 그 뒤로 우리는 명상 시간을 취소했다. 차후 명상 시간을 갖더라도 깊은 개인 생각은 묻지 않기로 했다.

어르신은 교사 출신으로 달변이었다. 매사에 적극적으로 참여했고 목소리도 컸다. 목소리 큰 어른쪽으로 어르신들이 자연스럽게 모여들었다. 앉는 자리도 고정돼서 한쪽을 차지했고 다른 어르신들은 얼씬도 하지 못했다. 하나의 또래 집단이 형성되었다. 재미있는 현상이다. 사람이 모이면 항상 리더가 등장한다. 우리 센터 어르신도 그런 셈이다. 한 달쯤 지나면서 어르신의 말씀이 달라지셨다. 센터에 대해서 부정적인 어르신은 1개월 정도 지나면서 태도가 완전히 달라지셨다.

어느 날 어르신은 센터에 들어서면서 "여기가 우리들의 친정여!" 하셨다. 밤새 무슨 일이 있었는지 보호자에게 연락해 보았다. 아무 일도 없었다고 했다. 어르신을 맞이하는 나를 비롯해 직원들을 깜짝 놀라게 했다. 습관은 무서운 것이다. 비판만 하던 어르신이 갑자기 가족들 특히 자녀들 모두를 칭찬으로 일색했다. 센터에서 다양한 프로그램의 효과일까? 어르신을 돌변시킨 요인이 궁금했다. 그 변인(變因)을 찾을 수 없다. 아무튼 센터를 이용하면서 어르신의 일상생활이 안정을 찾았다는 증거가 아닐까 생각한다.

여기에 나와야 웃어

날씨가 추워진다. 연세가 드신 어르신들이 생활하는 우리 센터는 날씨에 민감하다. 그 이유는 덥거나 추우면 어르신들의 거동이 어렵기 때문이다. 더울 때는 어르신들의 결석이 거의 없었다. 센터에서 냉방기로 시원한 환경을 유지하기 때문일 것이다. 보호자들은 어르신이 댁에 계신 것보다 센터로 나오시는 것이 마음이 놓이기 때문에 적극적으로 센터로 인도한다. 그래서 어르신들이 시원하게 생활할 수 있게 해서 고맙다는 보호자들의 인사를 자주 받았다.

우리 센터는 설치 후 두 번째의 겨울을 맞는다. 사실 세 번째(2015년 12월 4일 지정)로 겨울을 맞는 것이기는 하지만 첫해에는 어르신들이 몇 분 안 계셔서 깊은 기억이 없다. 지난겨울도 특별한 기억이 없다. 정원 47명이 채워지지 않아 정원을 채우는데 모든 정력을 쏟았기 때문이다. 올해는 다르다. 어르신들이 많아지면서 좋아하는 것도, 요구하는 것도 다양하다. 그러나 공통적인 것이 있다.

"우리는 여기에 나와야 웃어 그나마…"

이구동성으로 어르신들이 하시는 말씀이다. 어느 어르신은 웃음을 보약이라고도 한다. 보약 여러 재 드시고 가신다며 즐거워하시는 어르신을 보면 뿌듯하지만, 안타깝기도 하다. (2017.11.30.)

원장님 오늘 보약 여러 제 먹고 갑니다

30년생 여자 어르신이 계시다. 2017년 5월 어르신보다 15년이 어린 여동생이 당신의 딸과 함께 상담하겠다며 센터에 들어섰다. 여동생은 언니에 대해 자초지종을 설명했다. 언니는 젊은 시절부터 어느 절에서 60여 년 동안 '공양간 공양주'로 일해왔다. 언니에게는 딸린 가족도 없다. 그런데 조용하던 절에 이유는 알 수 없지만 변화가 왔다. 주지 스님이 갑자기 바뀌었다는 것이다. 주지 스님이 바뀌면서 공양간을 담당하던 90세 어르신도 사실상 구조조정을 당한 것이다. 오갈 데가 없어진 어르신은 15살 연하의 여동생 집을 찾았다. 동생이 울며불며 3시간 동안 설명한 내용의 요약이다. 문제는 그다음이다. 절에서 돌아오신 어르신은 실어증에 걸렸다. 병원에서 진찰 결과 우울증과 치매가 동시에 겹쳐 왔다고 한다. 갑작스러운 해고의 충격이 아닐까 생각한다.

어르신은 센터에 들어서시면 합장으로 인사를 하신다. 말씀은 거의 하지 않으신다. 그런데 어르신들 사이에 인기가 높다. 어르신들이 함께하는 자리에서는 사찰 생활을 오래 하셔서인지 농담과 패설로 어르신들이 배꼽을 잡게 만드셨다. 시간이 지나고 분위기에 익숙해지면서 어르신이 말씀하는 이야기도 길어져 갔다. 6개월쯤 지났을 때다.

어르신이 댁으로 돌아가는 시간에 갑자기 사무실로 들어서셨다. 그리고 대뜸 "원장님, 오늘 보약 여러 제 먹고 갑니다." 하셨다.

"누가 보약 사다 드렸어요?" 여쭸더니

"아니 하루 종일 웃었으니 보약 여러 제 먹은 거지요." 하신다. 어르신은 오늘도 합장으로 인사를 하신다. 단아한 체구에 항상 미소 있는 얼굴로 대한다. 어르신은 항상 센터에 들어서면 정수기에서 물을 받아 목을 축인다. 말씀은 없다. 세월만큼이나 깊은 의미가 어르신의 행동에 녹아 있다. 90 평생을 살아오신 어르신을 볼 때마다 삶의 질곡이 만만하지 않았음을 보여준다.

국민학교 교실이 생각난다

사람은 나이와 관계없이 모이면 파당을 짓는다. 우리 센터도 마찬가지다. 집에만 계시던 어르신들이 센터에 나와 옹기종기 모여 늘어놓는 화재는 다양하다. 그런데 거의 매일 같은 이야기를 반복하는데도 어른들은 진지하다. 치매라서 그럴 것이라고 짐작한다. 대부분이 치매라는 점에서 엉뚱한 반응도 자주 나온다. 문제는 통하는 사람끼리 함께 모이려 한다는 것이다. 이런 움직임을 방치하면 끼어들지 못하는 다른 어르신들이 소외된다. 어르신들의 소외를 방지하기 위해 한 달에 한 번씩 자리를 옮겨 앉도록 한다. 그날이면 친한 사람끼리 왜 앉지 못하느냐며 항변도 하신다. 감정이 약하신 어른은 눈물을 보이기도 한다. 댁에 가셔서는 센터에 안 나가겠다고 하신다고 한다. 보호자들은 센터에서 무슨 일이 있었냐며 우려 섞인 확인 전화도 온다. 보호자들은 상황을 설명하면 대부분 이해를 한다.

우리 센터는 47명 정원에 4명씩 12개의 탁자에 앉는다. 식탁에는 사진이 있는 이름표를 붙여놓았다. 자기 자리를 표시했는데도 식사나 프로그램 시간에 자리다툼을 벌이기도 한다. 특히 식사 시간이 더욱 첨예하다. 그래서 어르신들이 가장 선호하는 자리는 주방과 가까운 자리다. 유치원이나 초등학교 교실과 비슷한 상황을 항상 경험한다.

모든 어른이 친해지시게 하려는 것이라고 설명해도 막무가내다.

12개의 탁자를 한 달에 한 칸씩 돌아가면서 앉으면 1년이면 한 바퀴 돌아서 다시 만날 수 있다고 설명하지만 막무가내다. 그러나 자리바꿈은 시간이 해결한다. 시간이 지나면 서먹서먹했던 어르신들끼리도 곧 친해진다. 남자 어르신들만은 예외다. 아무리 노력해도 마찬가지다.

우리 막걸리 한잔하고 옵니다

하루는 비가 오는 구질구질한 날 남자 어르신 4분이 우르르 나오신 적이 있다. 우리 현장에서는 '흐린 날 증후군'이란 것이 있다. 비가 오거나 비가 오기 전, 날씨가 흐려지면 치매 어르신들에게 치매 현상이 심하게 나타나는 것을 말한다.

그날은 알코올성 치매인 남자 어르신이 막걸리 한잔하자며 남자 어르신들을 앞세우고 나오신 것이다. 아무리 설득해도 막무가내다. "당신들이 뭔데 나를 여기다 감금하고 못 나가게 하느냐."고 야단친다. 이때가 가장 힘든 경우다. 아버지 연세의 어르신들이다. 참으로 안타까우면서도 곤혹스럽게 한다. 그때마다 소방수는 보호자다. 응급상황에는 어르신들의 보호자들을 통해서 해결 방안을 찾게 된다. 오늘도 보호자를 통해서 설득하는 방법을 찾았다.

어르신에게는 5남매의 자녀가 있다. 유일하게 소통하는 자녀는 어르신의 하나뿐인 딸에게 전화했다. 자초지종을 설명한 뒤 딸의 전화를 어르신에게 바꿔드렸다. 따님과 무슨 대화를 했는지 모르지만, 그 긴박했던 상황이 종결됐다. 어르신 함께 인솔해 나온 어르신들에게 "자, 오늘은 기운이 좋지 않으니 들어갑시다." 하면서 한마디 덧붙인다. "원장님, 무서운 우리 딸을 빨리도 찾았네." 하신다. 그 어르신은 자신을 돌보는 딸을 가장 무서워하신다. 어르신의 아들들은 본 적도 없고 센터를 방문한 적도 없다. 그 어르신은 알코올성 치매가 심해져서 지금은 요양원으로 옮기셨다. 건강하시길 기원한다.

황당한 전화

알코올성 어르신은 혼자 사신다. 5남매 중 딸이 어르신을 위한 방한 칸을 임대해서 어르신이 생활하도록 했다. 많은 가정이 그렇게 한다. 사정은 다양하다. 하루는 천안역에서 전화 한 통이 걸려 왔다. "000 어르신 아시나요?" "아, 여기는 데이케어센터인데 그 어르신이 이용하는 시설입니다. 그런데 오늘 그 어르신 안 나오셨습니다." 했더니. "아, 우리가 모시고 있습니다. 여기는 천안역입니다." "아, 그러세요." "보호자께 전화를 드렸더니 센터로 모셔달랍니다." "아! 그럼 저희가 어떻게 할까요?" "지하철로 신도림역으로 모시겠습니다. 역 사무실로 가시면 직원들이 어르신이 모시고 있을 겁니다. 도착 시간은 00시쯤 될 것 같네요." "고맙습니다." 하고 스타렉스를 보내서 모시고 왔다.

어르신은 양천구 목동지역에서 거주하셨다. 아들들은 모르겠지만 딸만 주변에 살았다. 공무원도 했고 농협에서도 일했다고 한다. 글씨를 정자체로 잘 썼다. 사정은 모르지만, 딸을 만나기 전까지 신용불량자로 사셨다. 주민들이 안타까워서 자녀들을 찾아 나서서 딸을 연결했고 우리 센터로 오셨다.

어르신이 천안까지 열차를 타고 간 것은 그곳이 고향이기 때문이다. 치매 어르신에게도 고향에 대한 감정이 잔존(殘存)하나 보다. 어릴 적 떠나온 고향을 무의식적으로 찾아 나선 것이다. 고향을 찾았지만, 행동이 이상해 역무원에게 발견되신 것이다. 그래도 다행이다. 역무원이 어르신을 발견해 보내주지 않았다면 무슨 일이 발생할지 모르기 때문이다.

데이케어를 운영하다 보면 전혀 의외의 어른들을 만나기도 하고 이해할 수 없는 사건들도 직면하기 마련이다. 어르신 정원이 47명이다 보니 47가정의 가정사를 엿보게 된다.

인연이란?

장기요양기관을 운영하다 보면 사고도 발생한다. 또 어르신뿐만 아니라 보호자들과 갈등을 빚기도 한다. 그러면서 정이 든다. 그런 과정에서 다른 기관으로 옮겨가기도 한다. 센터나 요양원으로 이동하면서 돌아가신 어르신들도 계신다.

요양원으로 가신 어르신 중에는 치매가 더욱 깊어져서 가신 경우가 대부분이지만 보호자들의 돌봄 여건이 좋지 않아 가신 경우도 있다. 직원들을 통해서 우리 센터를 이용하셨던 어르신의 소식을 간접적으로 듣기도 한다. 동종업종에서 종사하는 사람들이기 때문에 가능하다고 생각한다. 어르신들의 소식을 들을 때마다 여기서 생활을 떠 올리기도 한다. 건강 상태가 좋지 않은 상황에서 만남이란 좋았던 것보다는 안 좋은 기억이 더 크다. 단순히 인연이라고 생각할 수도 있지만 참 안타깝다.

건강하게 살기 위해서는 몸의 건강은 물론 마음의 건강과 그 처신도 중요하다. 무엇보다도 감사하는 마음을 가져야 한다고 생각한다. 그것은 작은 일에도 감사하는 마음을 갖고 그것을 표현해야 효력을 발휘한다. 어르신과 보호자들이 우리 센터와 인연을 맺기 위해 자주 방문한다. 센터를 처음 방문할 때 어르신의 처신을 보면 센터에서의 생활을 예감할 수 있다. 엘리베이터에서 내릴 때면 늘 "감사합니다." 말씀하시는 어르신이 계시다. 그런 어르신들은 센터 생활에도 잘 적응하신다. 특별한 인연을 지어 가신다.

"왜 나를 여기에 보내…!"

어떤 어르신은 센터가 있는 5층에서 내려가서는 육두문자를 자녀들에게 쏟아낸다. 긍정적인 어르신이 계신가 하면 부정적인 어른도 계시다. 성격적인 부분도 있지만, 남자 어르신들은 데이케어보다는 방문요양을 선호하는 경향이다.

어르신들에게 복을 짓는 센터

12월이다. 사업 시작한 지 2년이 다 되어 간다. 직장생활 34년에 이은 사회생활의 전부다. 어제는 기쁜 소식도 들어왔다. 두 차례 도전 끝에 서울형으로 인증을 받았다. 서울시로부터 지원을 받는 시설이 됐다. 어르신들에게 더 나은 서비스를 제공하라는 나의 의지를 수용한 것이어서 기쁘다. 직원들에게는 복을 짓는 센터를 함께 지어가자고 했다. 어느 어르신의 말씀처럼 매일매일 보약 한 제씩 먹고 가는 센터가 되도록 하는 것이 내 마음이다.

서울형은 이용 어르신이 30명 이상일 경우 서울시로부터 매월 300만 원을 지원받는다. 80%를 식비와 운영비로 사용할 수 있다. 하지만 국기초(국민기초생활보장) 대상 어르신은 식비를 지원해 드려야 한다. 식비를 받을 수 없다. 국기초 어르신이 10명이 넘으니 1인당 한 달에 15만 원씩 150만 원을 식대로 지급해야 한다. 300만 원을 받아 150만 원은 지원금으로 쓴다. 좀 그렇다. 서울형이라는 이름을 빼고는 시설운영자 입장에서는 특별한 이익이 없다. 서울형 유효기간은 3년이다. 2020년 11월 30일로 서울형을 마감한다. 다시 재도전해 보려고 생각하다가, 주변 동업자들이 3년 경험한 걸로 만족하라며 재도전을 만류하기에, 미련이 남지만 일단 접었다. 그래도 나는 오늘도 직원들과 함께 어르신들에게 '복을 짓는 목동중앙데이 케어센터'를 만들어 간다. (2017. 12. 1)

집에 보내주

"집에 보내주…"

아이들이 하는 이야기가 아니다. 치매어르신들은 해가 저물어 갈 때쯤이면 언제였냐는 듯이 "집에 보내주…" 하는 경우가 많다. 이 어른도 그렇다. 어른은 우리 터가 개설될 때 가장 먼저 입소한 어른이다. 어른은 수시로 엘리베이터 앞에 나가서 서성인다. 어린아이가 외출한 엄마를 기다리는 듯하다. 그리고 집을 그리워한다. 특히나 남편을 더욱 간절한 마음으로 고대한다. 하지만 정작 남편 어르신을 만나면 본체만체한다. 상상하기 어려운 이야기지만, 혹시 남편의 얼굴을 잊어버리신 게 아닐까?

치매 어르신들에게는 '흐린 날 증후군'에 이어 '석양 증후군'도 있다. 오후 서너 시(時) 되면 집에 가시겠다고 우르르 현관으로 나오신다. 유독 빈도가 높은 어른이 계시다.

또 한 분은 큰아들 애증이 있는 어른이다. 대부분 장남이나 장녀를 기억하고 만나기를 소원한다. 하지만 일 때문에 자주 못 이루는 소원에 가슴 아파하고, 때로는 밤새 잠을 못 이루고 센터에 오셔서는 비몽사몽(非夢似夢)하는 경우도 있다. 수시로 송영용 핸드폰으로 전화를 걸기도 한다. 외로움일 것이다. 문제는 집에 도착해서도 "집에 보내주…"를 반복하는 어르신이 계시다. 자신이 어디에 있는지 공간감을 모르시는 것이다. 가슴 아픈 일이다. 이것은 극복할 수는 없다. 치매를 예방하는 일이 중요하다.

치매 어르신들을 하루 종일 보고 있자면 '나도 70을 앞두고 있는데 어찌하나' 하는 생각이 시나브로 다가온다. 의사인 친구에게 이런 이야기를 하면 치매보다 암에 걸리겠다는 친구의 말이 떠오르기도 한다.

문제는 개인이 선택할 수 없다는 데 있다. 언젠가 나도 "집에 보내주…" 할지도 모를 일이다. 부단히 노력하는 자세가 필요하다. 하루 1시간 이상은 걷는 자세가 필요하다고 생각한다.

배우면서 하는 일

센터를 이용하는 어르신은 연세, 지역, 질병의 유형 등 다양하다. 연세에 비해 총명하신 분도 계시고 그렇지 않은 어른도 계시다. 연세도 그 폭이 넓지만 지역도 마찬가지다. 질병의 유형은 더욱 복잡하다.

이용 어르신 중에는 부부 동반 이용자도 있다. 어르신 스스로 좋아서 오시는 분도 계시지만 아들, 딸의 일 때문에 오시는 경우도 있다. 우리 센터의 특징은 남자 어르신과 국민기초생활보호대상자 어른이 많다는 것이다. 센터분위기는 남자 어르신보다는 여자 어르신들이 좌우한다.

센터운영자 입장에서는 등록 인원이 모두 출석하는 것이 최선이다. 하지만 모두 출석은 극히 드물다. 평균 연세가 90에 가까운 연세여서 100% 출석은 어렵다. 1년 중 100% 2~3일 정도다. 연세가 많은 데다 각종 질병을 앓고 있기 때문이다. 보호자(아들, 딸)의 상황으로 센터에 오시는 어르신은 피곤해 하는 경우도 있다. 대부분 기계적으로 오시는 어르신이 대부분이다.

하루걸러 오시는 어르신도 있다. 적극적으로 설득하면 오신다. 직원들의 적극성과 역량이 어르신의 출석에 영향을 미치는 경우다. 이를 위해 직원들이 어르신들에 대해서 정확하게 파악하는 것이다. 질병 유형, 가족관계, 지역, 살아오신 과거들도 파악한다. 그래서 요양보호사에게 어르신을 5~6명씩 담당하도록 한다. 어르신에 대한 파악도 중요하지만 공단에 제출하는 급여제공기록지 등 각종 서류를 작성도 해야 하기 때문이다. 기본적인 내용들을 파악한 뒤에 어르신들과 대화를 나누면 대체적인 부분들을 파악하는 데 유리하다.

섣불리 대화하다가는 서로 상처라는 벽을 넘지 못하는 경우도 있다. 부부가 이용하는 경우는 흔하지 않지만 매우 조심스럽다. 보호자와의 관계도 그렇고 어르신들 서로에게도 영향을 미치기 때문이다. 특히 염려하는 것은 질투다. 센터직원은 대부분 5, 60대이기는 하지만 여자 어르신보다는 젊다. 이런 경우 남자 어르신에게 여직원들이 자주 접하지 못하도록 한다. 왜 그런지를 요양보호사에게 주지시킨다. 가능하면 부부의 경우 남자 어르신에게는 남자 요양보호사가 케어하도록 하는 것이 여자 어르신을 안심시키는 방법이다. 자칫 잘못하면 부부에게 갈등을 초래할 수가 있다.

센터 운영은 많은 경험에서 시작해야 하는 것 같다. 다양한 상황에 대해 처신하는 방법을 터득해야 한다. 배우면서 해야 한다. 이 직역에서 종사해 온 사람들조차도 실수하여 애를 먹는 경우를 많이 봤다.

사람이 사람을 돌본다는 것은 쉬운 일이 아니다. 자신이든, 동료직원이든, 돌봄 대상 어르신이든, 보호자든 감정을 다스려야 하는 감정노동이기 때문이다.

안타까운 일들

내가 알고 있는 어르신이 계시다. 그분 연세는 88세다. 침술로 일가를 이룬 분이다. 내가 목 디스크로 고생할 때 그 어른을 만나 희망을 가졌다. 통증은 있지만 심할 때보다는 훨씬 좋아졌다. 그분은 침술 분야에 있어서는 내가 만난 그 누구보다 가장 우수하고 논리적이고 박식하다.

그 어른의 고향은 전북 정읍이다. 초등학교를 졸업하고 검정고시를 거쳐 중학교를 졸업한 뒤에 면 소재지 면서기로 일했다. 어깨 너머로 침도 배웠다. 그 침이 특효를 발휘했고 사람들이 몰려들었다. 그동안의 이야기를 종합하면 암이나 당뇨, 통풍 등 불치병으로 알려진 질병을 치료한 이야기도 들려주셨다. 그 훌륭한 침술을 아들 대에서는 지나가고 손자들에게 전수하려 했다. 하지만 손자는 한의대가 아닌 의대로 진로를 변경해 어른의 의술이 끊기게 될 운명이다. 손자가 의대로 진로를 변경하게 된 이유는 며느리의 권유 때문이라며 복잡한 감정선을 드러냈다.

그 어른은 자신을 따르고 나도 잘 아는 김모 씨에게 침술을 전수했다. 김 모 씨는 나를 그 어른에게 소개해 준 사람이기도 하다. 그 어른은 손님을 쉽게 받지 않는다. 침술사 자격이 없는 무자격 침술

사다. YS 때는 주변 한의원의 고발로 형을 살기도 했다. 하루에 많을 때는 한약을 300제까지 끓였다고 하니 주변에서 샘내지 않았을까 하는 생각도 든다. 그런 상황이어서 손님 받기를 가려서 하는 편이다.

그 어른에게는 3남 4녀의 자제들이 있지만 그 어른은 혼자다. 복잡한 가족관계가 있다. 침술로 재산을 늘려 넓은 저택이 있었다. 내가 드나들 때는 단독주택이었는데 그때는 아들과 며느리가 나와서 반갑게 맞아 주었다. 집을 5층으로 재건축하면서 아들과 며느리는 본 척도 하지 않는다. 어르신에게 좀 "이상하네요." 했더니

"내가 속았어." 하신다.

"왜요?" 하자마자 집 명의를 큰아들 명의로 해 달라고 하도 매달려서 해줬더니 명의가 이전되자마자 집에서 나가라고 한단다. 어른은 5층까지 올라오기 힘드니 1층 방을 달라고 했더니 나가라며 들은 척도 하지 않는다고 한다. 언젠가는 아들을 다시 낳고 싶다고 할 정도로 실망스러워하셨다. 그 어른이 오늘(2017년 11월 7일) 고향 정읍으로 떠난다. 지난주일(5일) 마지막으로 어르신 댁을 방문해 침을 맞았다. 방안에는 정읍으로 옮겨갈 짐으로 가득하다. 어른 혼자서 챙겨놓은 짐들이다. 아들 며느리는 쳐다보지도 않는다며 눈물을 글썽이며 서글퍼하셨다.

어른은 시골에서 사용할 침대 2개를 목공소에 제작해서 정읍으로 가져가신다. 그 차에 자신의 짐들까지 실어서 함께 간다. 그래도 자식들에 대한 정이 있다. 딸 넷이 생신날이면 40만 원씩 보내준다며

소득이 없는 농촌 생활에 한 가지 희망을 걸고 계셨다. 가장 시급한 것은 관공서로부터 노령연금 등 생활비를 지급받는 일인 듯하다. 그 일을 도와줄 사람이 고향 이장인데 자신의 5촌이란다. 그런데 5촌이 무엇이 불만인지 틀어졌다고 한다. 5촌을 설득해서 관으로부터 지원받는 일이 최우선이라며 걱정이 태산이다. 시골에서 침술은 생각하지 않고 있다.

어른을 보면서 재산은 반드시 죽을 때까지 쥐고 있어야 한다고 생각한다. 얽힌 매듭은 가능하면 그 당시에 풀어야 한다. 또 기술이 좋으면 그것을 잘 유지하기 위한 행정적인 자격을 가져야 한다. 어른을 보면서 터득한 교훈이다. 오늘 떠나는 어른은 장수하실 것이다. 아무쪼록 자식들과의 관계도 잘 풀려서 행복한 가정이 회복되기를 기도한다.

기다림 그리고 지혜

나는 매일 아침 5시 34분에 5호선 신정역에서 여의도 쪽으로 첫 차를 탄다. 첫차는 안내 스크린 시간 5시 34분에 임박해서 화곡역쪽에서 나타난다. 그런데 역 한 구간을 간격으로 뒤쫓아 오는 지하철이 있다. 34분 차를 놓치면 그다음 차를 탄다. 다음 차는 3분 간격으로 도착한다. 가끔씩 34분 차를 타면서 그때까지 벤치에 앉아만 있고 차를 타지 않는 사람을 보았다. 처음으로 34분 그다음 차를 탔을 때 그 이유를 알았다. 첫차는 일터로 가는 사람들이 가득해서 자리에 앉을 수가 없다. 앉더라도 몇 정거장을 지나서야 자리가 나온다.

그런데 그다음 차는 자리가 텅 비어있다. 첫차로 사람이 몰리니까 그다음 차에는 사람이 덜 몰리는 것이다. 흥미로운 일이다. 첫차를 보내고 다음 차를 기다리면 앉아서 갈 수 있다는 기다림의 미학이라고나 할까? 아니면 지혜라고 할까? 사람들은 많은 경험을 통해서 지혜를 발현한다. 경험이 삶의 미학을 보여주는 것이다. 편함이라는 미학⋯ 우리는 때로 잊기도 하지만 그 경험은 소중하다. 잘 간직하면 그것으로부터 얻어지는 것이 있다는 것이다.

어른들이 삶을 통해서 지혜를 발현하듯이 삶이란 경험은 세상을 힘들이지 않고도 건너게 한다. 그래서 경험을 무시할 수 없다. 경험이 많고 다양하면 거기에서 나오는 지혜는 세상의 많은 어려움을 극복하도록 돕는다. 결국 경험이 세상을 넘는 지혜의 통로이자 목표에 빨리 도달할 수 있는 첩경인 셈이다.

직업은 못 속여

내가 유일하게 보는 TV프로가 있다. 아침 7시 50분부터 하는 KBS1의 '인간극장'이다. 이번 주에는 경남 거창에서 사시는 100살이 넘은 어르신과 65세의 혼자된 며느님이 살아가는 고부의 이야기다. 서로 티격태격하시며 살아가는 모습이 요즘 서울에서 느낄 수 없는 이야기다.

또 하나는 100살이 넘은 어르신이 어쩌면 저렇게 총기가 있을까 하는 놀라움이다. 며느리는 어머니가 매일 아침, 점심, 저녁을 적더라도 식사를 하신다며 그것이 장수의 비결이라고 설명한다. 건강해야 총기도 흐려지지 않나 하는 생각이 들기도 한다.

그런데 어제(12월 12일) 아침 방송에서 내 가슴이 철렁하는 사건이 발생했다. 고부는 볼일이 있어 농협을 찾았다. 농협에서 볼 일을 마친 고부가 농협을 나서는데 계단을 내려오던 어르신이 그만 낙상하신 것이다. 내가 "아이고!" 외치니 사무실에 있던 직원이 뛰쳐나왔다. 생활실에 무슨 일이 발생한 줄 알고 뛰쳐나온 것이다. 상황 설명을 들은 직원 왈 "원장님, 직업은 못 속여요." 한다. 나는 낙상에 대해서 경험하기도 했거니와 어르신들에게 최악의 사고가 바로 낙상이라는 사실을 알고 있다. 비록 TV프로그램이지만, '저 어르신 큰일

났네!' 걱정하며 몸이 먼저 반응한 것이다. 그 사건을 마지막으로 TV 프로그램은 끝이 났다.

다음날 그 시간에 이야기를 보니 머리에 반창고 하나를 붙이고 치료를 마친 듯하다. 어르신은 다리도 아프고 어깨도 아프고 아픈 곳 모두를 며느리에게 호소하는데, 며느리는 "병원에서 의사선생님이 괜찮다고 한 이야기 들으셨죠?" 하고는 무시해 버린다. 같이 생활하는 고부의 사정을 며느리가 잘 아니 그냥 넘기는 것 같다. '어르신이 얼마나 답답하실까. 그리고 며느리도 무릎 연골이 닳아 인공뼈를 이식했다는데 얼마나 힘들었을까.' 하는 짠한 생각이 들었다. 그래도 TV 속 어르신 낙상 사건에 대해 좀 석연찮은 여운이 남는 것은 왜일까?

환경

어르신들을 대하다 보면 성장한 환경이 중요하다고 생각하게 된다. 공부만 한 어르신은 심한 치매인데도 책을 찾는다. 세상에서 사회적 지위보다는 살기에 바쁘던 어른은 살아오면서 겪었던 이야기를 반복해서 한다. 그러나 현재의 이야기는 기억할 수 없으니 거의 이야기를 하지 못한다. 약간의 거스름에도 성질을 내는 것은 마찬가지다. 어르신은 나이가 들면 어린이로 바뀐다. 적어도 치매라는 질환을 앓고 있는 어른들은 그렇다. 이것은 내 경험이다.

어르신들이 센터를 입·퇴소할 때마다 아련한 생각과 기대가 교차한다. 저 어르신 어디 가셔서 잘 견디실까? 저 어르신은 어떤 모습을 보여줄까? 안타까움과 함께 기대도 희망과 함께 교차한다. 어르신들의 살아온 환경의 조각들이 현재 질병의 상태에서 드러나기 때문이다.

이야기가 조금 다르지만, 몇 년 전 미국에서 이런 조사를 했다고 한다. 한 아이가 초등학교를 졸업하기까지 13,000시간을 학교에서 보낸다. 텔레비전 앞에서 보내는 시간은 15,000시간이라고 한다. 예일 대학의 심리학자 제롬 싱어는 텔레비전을 자주 보는 아이는 분노,

짜증, 울음 등 부정적 정서를 보일 가능성이 높다고 한다. 미소아과학회도 부모들에게 아이들이 텔레비전을 보는 시간을 하루에 한, 두 시간으로 제한할 것으로 권고했다. 요즘은 스마트폰이 텔레비전의 위협을 훨씬 뛰어넘어 부정적인 영향을 미치고 있다.

이런 조사도 있었다. 50불짜리 지폐와 신분증과 연락처가 들어있는 지갑 1,100개를 전 세계 주요 도시의 길거리에 떨어뜨렸다. 그리고 그 지갑이 얼마나 수거되는지를 조사했다. 노르웨이와 덴마크 사람들은 1등으로 100% 그 지갑을 주워 주인에게 돌려주었다. 싱가포르가 90%, 호주, 뉴질랜드, 한국은 70%였다. 지갑을 돌려준 경우, 대부분 그 부모들이 자녀들에게 바른 삶의 모습을 보여줬다고 한다.

부모가 좋은 환경을 조성하려고 노력한 만큼 그 자손들에게서도 그 노력의 결실이 드러난다는 것이다. 환경조성은 그래서 인간에게 중요하다. 얼마나 조성 노력의 흔적들이 가정이나 삶의 모습들에 베일 때 그 후손들이 자라나는 모습에서도 나타난다는 것이다.

어르신들을 보면 성장과정도 중요하지만 어느 지역이었는지도 행동이나 말투 속에서도 나타나는 것 같다. 지켜보면 행동거지에서 잠재된 내면의 것까지도 드러나는 것이 질병을 앓고 있는 사람들의 모습이다. 그러나 질병을 앓게 되면 더불어 살아가려고 하기보다는 어떻게든 이겨보려고 하다 더 큰 병을 앓게 된다. 사람은 이겨내려고 하고 이겨내라고 충고도 한다. 그러나 더불어 살면 어떤가. 좀 멍청해 보이나? 사람들의 생각이 궁금하다.

인연의 끈

가끔은 상대하기도 생각하기도 싫을 때가 있다. '내가 이러면 안되지' 하면서도 왜 불끈불끈 그런 생각을 떠올리는지 모르겠다. 인연의 끈이라면 나를 중심으로 가족과 사회에서 다양하게 만나는 관계로 인한 인연일 것이다.

그렇지만 가족도 부부와 부모, 자식과 형제와 그리고 친척 등 면면이 피로 연결된 것이지만 유일하게 피가 섞이지 않은 것은 부부다. 부부는 피가 아니라 상호 이해와 정이라는 끈으로 이어진 인연이다. 그래서 그 인연이 약해지면 부부의 연도 끊어진다. 서로 다른 피로 인연을 맺었기에, 부부라는 이름으로 연을 맺고 살면서 아등바등하며 어려움을 극복하려 하지만, 때로는 기분이 썩 좋지 않은 경우도 많다.

그럴 때마다 마찰을 벗어나는 방법을 고민한다. 그러나 현명한 선택이 아닌 경우가 많아서 고민할 때도 있다. 그 '인연'이라는 것을 그저 인연이기 때문에 그냥 멈춰야 하는지? 가끔 생각한다. 이런 생각 끝에 나는 어딘가로 훨훨 날고 싶은 생각을 한다. 아무런 부담 없이 그리고 생각이나 고려하지 않고 그냥 발걸음 가는 데로 가고 싶을 때 말이다.

하지만 그 인연 때문에 그 끈을 놓지 못한다. 누가 누구를, 그런 인연의 괘를 연결하여 삶을, 그리고 존재를 결합해 놓았는지는 모르지만, 나는 그렇게 떠나고 싶을 때가 많다. 한에 울고, 서러워하고, 그리고 이룬 것에 기뻐하는 동물과 같은 표피적인 것, 그런 것에 더욱 강렬하게 깊이 접하고 싶은지도 모른다.

나는 그런 존재가 두려운지도 모른다. 마냥 깊이 있게만 가는 것이 아니라 껍데기만 허우적거리며 갈 수도 있건만 그 껍데기를 장식하기 위해 그렇게 열을 내는지 모르겠다. 그런 것이 인연 때문일 것이다. 버리면 그만인 것을 버리지 못함은 버리지 못하도록 질기게 만든 그것도 인연이기 때문이다.

그러나 그것에 의지하려는 작은 부분도 있다. 고로 어쩌면 인간은 인연을 위해 인연을 맺고 그로 인해 버릴 것인지 존재시킬 것인지를 놓고 평생 갈등하고 번민하는 동물인지도 모를 일이다. 하여튼 오늘 나는 그 인연의 고리를 끊고 싶을 뿐이다. 이뤄질지는 미지수지만?

나 여기 나오면 좋아

사람은 자신이 속한 시설이나 가정, 자식에 대해서 주변의 좋은 반응이 나오면 좋아한다. 나 역시도 마찬가지다. 팔불출이 아니라는 이야기를 설명하고 싶은 것이다.

오늘 아침이다. 우리 센터에 3개월 동안 나오신 어르신이 있다. 그 어르신 실내화 챙겨드리는 나에게 한마디 하셨다. "나 여기 나오면 기분이 좋아." 내가 어르신을 바라보면서 "감사합니다." 했더니 같은 차로 함께 오신 어르신들 이구동성으로 "그래서 우리가 여기 매일 모이는 거여." 하신다. 한 해가 저물어 가는데 듣기 좋은 말씀으로 하루를 시작한다.

자신이 하는 시설에 오시는 어르신들을 최선을 다해서 돌보는 것은 당연하다. 어르신들이 스스로 이용하는 시설에 대해서 긍정의 정도가 높다는 것은 당연히 좋은 일이다. 그런 칭찬의 말씀을 듣는 자신은 더욱 기쁘다. 어르신들로부터 그 어르신들의 보호자로부터 긍정의 반응은 누구도 거부할 이유는 없다. 정말 기분 좋은 2017년 년말의 하루 아침이다. (2017.12.21.)

감사

　연세 많은 어르신들과 생활하다 보면 작은 일에도 감사하며 눈물을 흘린다. 마음을 읽을 수 있기 때문이다. 어르신들은 자주 아들, 딸들과 함께 자주 병원에 가신다. 어느 날은 7~8명이 병원에 가시는 날이 있다. 연세가 8, 90대 어르신들이라 어쩔 수 없는 일이다. 보호자들은 진료를 마치고 집으로 가자 하지만 어르신들은 대부분 센터로 오신다. 어르신들이 아들, 딸의 권유를 무시하고 고집을 부려 센터로 오시는 이유를 곰곰이 생각해 본다. 센터를 운영하다 보면 그런 분이 고마운 것은 사실이다.

　그러나 어르신들의 입장에서도 이해가 된다. 집에 홀로 계시는 것이 얼마나 답답했으면 고집을 부려 오셨을까 하는 생각을 한다. 우리는 고독사를 자주 경험한다. 보름이고 한 달이고 소식이 끊겨 발견되는 숨진 어르신들의 모습 또는 홀로 사는 사람들의 모습, 일본이나 선진국에서만 있는 일인 줄 알았다. 우리나라에서도 자주 발생한다. 사고가 발생할 때마다 복지 네트워크를 갖춘다고 정부가 발표하지만 고독사는 계속해서 발생하고 있다. 모두가 나서야 한다. 누구누구의 잘못을 지적할 일도 아니다. 주변을 살펴야 자신도 살핌을 당한다는 사실을 알아야 한다. 누군가의 관심을 바탕으로 일궈야 한다. 하지만 쉬운 일은 아니다. 그래서 어렵다.

　어르신들을 보면서 그 고독사의 엄청난 공포를 읽는다. 센터에 오시든 아니든 우리 모두 관심의 대상으로 삼아야 한다. 그러나 우리 사회는 부족한 일들이 많다. 우리 센터에서는 다양한 프로그램으로 치매 어르신들의 과거를 되살려내려고 노력한다. 과거를 통해서 현재를 주시할 수 있도록 하려는 프로그램이다. 하지만 안타까움이 계속이다.

80세 어르신과 29살 어르신

오늘 아침 도로에 눈이 쌓여서 어르신들의 센터 도착이 늦었다. 처음으로 도착하신 어르신들이 친한 사이들로 종종 모여 앉았다. 어르신 두 분이 소파에 기댄 채로 물었다.

"총각, 오늘이 며칠여."

오늘이 대체 무슨 요일인지 알 수 없다며 지나가는 나를 잡고 물으신다. 옆에 있던 어르신 "총각이라니 원장님여." 하신다. 내가 받아서 "나는 총각이 좋은데요 어르신." 하니 "원장님은 올해 몇이지." 하신다 "저요, 진갑 넘었슈." 하니 "오래 살았네." 하신다. 내가 "예~에~ 예!" 하니 "오래 살았어." 반복하신다. 내가 "어르신은요?" 하니 "나 스물아홉." 하신다.

어르신 "오늘은 월요일입니다." 하니 "그려 당최 기억이 없어 빨리 죽어야지." 스물아홉이라고 하신 어르신 이제 한탄한다. 80세와 29살을 넘나드시는 치매 어르신들 "어르신 앞으로는 120살까지 사신데요." 하니 "아이구, 남사스러워라." 하신다. 진심인지는 모르겠지만 세월 앞에 장사 없다. 시간은 물론이고 자신조차도 잃어버리고 사시는 어르신들을 바라보면서 도대체 대책이 정말 없는 것인가. 한탄스럽다. 나는 하루를 이렇게 시작한다. (2017.12.18.)

등으로 지면 짐이 되고 가슴으로 안으면 사랑이

살아가면서 닥치는 상황들을 어떻게 받아들이냐에 따라 생각이나 행동이 달라진다. 비록 하찮은 일이더라도 받아들이기에 따라 경중이 달라진다. 하찮은 일이라 하더라도 등으로 지면 가볍게 넘겨 버릴 수 있지만, 가슴으로 안으면 사랑으로 발하여 세상을 포근하게 할 수 있기 때문이다. 사회복지 현장에서 빈번하게 접하는 상황들이다. 그래서 사회복지는 내일로 미루는 일들이 아니라 발생한 시점을 기준으로 시급하게 해결해야 한다. 직원들에게는 'Here and Now' 개념을 강조한다. 사회복지 현장에서 내일로 미루면 해당 크루(Crew)는 하늘나라로 떠나 있을지 모른다.

주어진 상황을 긍정 또는 부정한다. 상황을 어떻게 수용하고 생각하고 처신하느냐에 따라 삶을 달리한다. 똑같은 상황을 거추장스럽고 귀찮고 버거운 것으로만 바라보면 짐이 된다. 하지만 가슴으로 이해하고 사랑으로 품으면 제공한 사람도 받아들이는 사람도 감정이 발동하고 사랑도 싹이 튼다.

똑같은 상황을 등으로 지면 짐이 되지만 가슴으로 안으면 사랑이 스민다. 상황을 어떻게 수용하느냐에 따라 Crew에 대한 대처방법이 달라진다. 사회복지 현장에서는 반드시 간과해서는 안 되는 지침이라고 생각한다.

제2부

꽃 중에 사람 꽃이 제일 이뻐

힘이 나는 시설

1차 송영차 3대가 거의 동시에 들어왔다. 실내화로 바꿔 신고 생활실로 들어서는 한 어르신에 집중한다. 4개월 만에 나오신 여자 어르신이다. 어르신들 이구동성으로 "어마! 어마! 간지 알았어?" 하신다. 어르신들은 가장 조심스럽게 하시는 말이다. 그런데도 이렇게 표현하는 것은 그동안 쌓은 정이 깊기 때문이다. 내가 "가시긴 가셨대유! 이사 하셨대유!" 어르신이 "그동안 이삿짐 정리하다 늦였대유." 설명하니 또 한바탕 웃음바다.

몸이 안 좋아 어제 일찍 귀가하신 어르신이 뒤따라 들어오시자. "아이구! 어제 안 좋더니 이렇게 보니 반갑네." 하니 그 어르신 "안 좋아도 여기 나와야 그래도 힘이 나요." 하신다. 8, 90 되신 어르신들에게 "여기 나와야 힘이 나요." 하는 고백이 있는 시설이 되길 기도한다. 그것이 내 꿈이다. 아마도 사회복지시설을 운영하는 동업자 모두의 꿈일 것이다. 초심이 한결같으면 복을 짓는 것이다. 그렇지 않으면 사악해진다.

사탕

　한 어르신이 귀가하기 위해 실내화를 벗고 외출용 신발로 바꿔 신고는 내 손을 꼭 잡았다. 그리고 뭔가를 꼭 쥐여준다. 인삼 사탕이다. 어르신들은 일하는 사람들에게 무엇인가를 주고 싶어 한다. 아마도 어르신들을 돌보는 일이 만만치 않은 일인데, 고마움을 표현한 것이라는 생각을 한다. 어르신들은 우리가 어르신들을 돕기 위해 이곳에 있는 것으로 대부분 알고 있다. 대부분의 어르신이 고마움을 느끼시지만, 당연한 것으로 여기는 어르신도 계시다.

　어릴 때 할머니가 심방이나 마실 다녀오시면서 손수건에 싼 사탕을 주셨다. 어르신이 우리 할머니 같다고 하니 어르신 눈물이 글썽이신다. "왜 그러셔요 할머니?" 반응이 없다. 어르신들은 속마음을 드러내는 일이 거의 없다. 그냥 삭히신다. 드러내면 자식들에 대한 흉일 테니 그렇다. 어르신 가시면서 내내 눈물을 흘리실 텐데 누굴 생각하고 계셨을까? 궁금하지만 더 질문할 수는 없다.

대화가 건강이다

목동중앙데이케어센터가 아침부터 시끌벅적하다. 1차 어르신들이 도착했다. 스타렉스 3대가 거의 동시에 출발해서 어르신들을 모시고 비슷한 시각에 센터에 도착한다. 어르신 중에 남자 어르신은 10여 명이 이용하신다. 남자 어르신들은 여자 어르신들보다 말이 없고 조용하다. 한마디로 각자도생이다. 신문 보시는 분도 계시고 센터를 매일 30바퀴를 도는 어르신도 계시다. 남자 어르신이 센터를 돌면 여자 어르신 3~4명도 따라서 돈다. 이 어르신은 프로그램에도 적극적으로 참여하신다. 특히 운동프로그램과 노래하는 프로그램에 적극적이다. 건강에는 누구나 관심이 크다.

남자 어르신들을 위해서 바둑과 장기, 화투도 준비해 두고 있다. 입소할 때 보호자는 부모님이 이런 잡기에 능하다고 소개하지만, 적극적으로 참여하는 어르신은 거의 없다. 적극적으로 참여하는 분위기를 조성하기 위해서는 한두 분의 어르신이 나서야 하는데 별 성과가 없다.

어르신들이 나누는 대화는 거의 매일 비슷하다. 그럼에도 진지하다. 매일 처음 듣는 것처럼 그럼에도 어르신들은 대화를 통해서 활력을 얻는다. 어르신들 간에 친소관계 형성이 건강에도 좋은가 보다.

대화를 할 수 있기 때문이다. 자신을 비우는 것, 건강에 좋은 비결이다. 시끌벅적한 것도 비움의 한 행위이다.

핵교 이름이 어딨어?

우리 센터에서 프로그램을 진행하는 강사들은 어르신들에게 집중시킬 목적으로 센터를 학교라고 한다. 아마 다른 센터에서도 교육하면서 학교라고 한다고 한다. 그렇게 알고 있으려니 했다. 오늘 오후 송영때 집으로 가시는 한 어르신이 묻는다.

"여기 학교 이름이 어딨어?" 하신다. 최근에 들어오신 어르신이다. 강사들이 자주 학교라고 하니까 궁금했던 모양이다. 현관에 걸려있는 액자를 보여주었다. "어디에 학교 이름이 있느냐? 학교 이름이 안 보인다." 하신다.

"여기 '목동중앙데이케어센터' 학교 이름이 있지요." 했더니 "핵교 이름이 왜 이상햐? 목동중앙학교라고 해야지." 하신다. 요즘은 학교 이름이 어려워야 좋은 학교라고 둘러댔다. 학교 다닌 것이 언제였던가 가늠할 수 없는 어르신들… 가끔은 어린이처럼 보일 때도 있다. 데이케어에서 그나마 삶의 의욕을 찾는 분들이 계시다는 것이 위로다.

"'목동중앙학교'라고 하지, 데이카이는 뭐하는 거여?" 하신다.

아들이 마음의 고향인가?

충청북도 청주에서 올라오신 여자 어르신이 계시다.

그 어른 연세가 85세다. 청주에서 혼자 사시다가 치매가 있어 몇 차례 사고를 경험한 끝에 자녀들이 모여 사는 서울로 오셨다. 어르신은 가끔 성북동에 사는 아들 집에 가신다.

그런데 아침이면 당연히 나타나야 할 우리 목동중앙데이케어센터의 차가 보이지 않는다. 그때부터 난리를 치신다. 센터 차가 자신을 빼놓고 가버렸다고… 치매는 어르신들을 집착으로 인도하는가? 알수는 없다.

오늘도 11시 넘어서 센터에 도착하셨다. 어르신은 성북동 아들 집을 청주로 기억하신다. 어르신은 센터에 들어서면서 청주에 다녀왔다고 하신다. 뒤따라오던 따님, 엄마 청주 갔다 온 것이 아니라 성북동 오빠 집에 다녀온 거야 한다. 어르신이 나에게는 "성북동이 청주여…!" 하신다.

그러자 따님의 얼굴에는 서운함이 베인다. 어르신의 마음 한구석에 고향인 청주가 있다. 고향에는 아들이 있다. 어르신에게는 아들이 마음의 고향인가?

여기가 어디여

1년 넘게 목동중앙데이케어센터를 이용하신 93세 어르신, 센터 로비에 도착해 "여기가 어디요?" 하신다. "여기 처음 오셨지요? 환영합니다." 하며 보행보조기를 드리니 "어떻게 내 이름이 여기에 붙어 있어?" 하신다. "이건 처음 오시는 분께 드리는 선물입니다." 하니 "고마워." 하신다.

며칠 전 70 가까이 되신 어르신의 큰 아드님이 왔다 갔다. "우리 아버님 식구 모두 기억에서 지워지셨다."며 눈물을 글썽인다. 어르신은 자녀들을 아무도 알아보지 못하신다. 기억에서 사라진 것이다. 최근 들어 기억력이 현저하게 떨어진 것이다.

몇 개월 전부터 손주며느리 이야기를 하셨다. 그러나 우리는 한 번도 본 적이 없다. 아드님한테 "어르신이 손주며느리 이야기를 많이 하신다." 하니 한숨을 푹 쉰다. 저를 손주로, 며느리를 손주며느리로 기억하신다고 한다. "그럼 손주들에 대한 좋은 기억은 살아있을 수도 있겠네요." 하니 "그럼 아이들을 불러 모아보겠다."고 하신다.

치매 어르신을 모신 가정은 불안하다. 그 문제에 접근하기 위해 우린 3개월에 한 번씩 '가족 모임'을 한다.

항상 일정을 잡기 전 시기와 주제 등을 소식지로 의견을 듣는다.

이번에는 '가족들의 치유프로그램'을 주문했다. '얼마나 힘들었으면…' 생각하며 프로그램을 준비하고 있다.

　그 어르신들을 돌보는 우리 직원들은 천사다. 나만의 생각일까? 우리는 오늘 '서울형인증기념 행사'를 가진다. (2018. 3. 18)

치성

어릴 적 장독대에서 어른들이 북쪽을 향해 기도하는 모습을 많이 봤다. 주로 할머니들이 주인공이다. 할머니들은 가정 내 일어나는 모든 일들이 그 기도의 주제였다. 어른들은 집안에도 신이 있다고 생각한다. 안방에는 집안의 가장을 지켜 준다는 성주신, 대청마루에는 자녀를 점지하고 집안을 번창시키는 삼신, 부엌에서 아침마다 정화수(井華水)를 떠 놓고 기도하며 소원을 이룬다는 조왕신 등.

장독대는 음식의 맛을 내는 장류가 있다는 점에서 중요하다. 간장, 된장, 김치 등 살아가는데 빼놓을 수 없는 음식들을 저장 또는 보관하는 신성한 곳이다. 며느리가 장독대 관리를 허술하게 하면 쫓아낼 정도였다.

장독대에는 천룡이 있다고 믿었다. 천룡은 신의 소식을 전달해 주는 사자다. 그래서 천룡을 집안의 수호신으로 믿었다. 집안에 갑자기 구렁이가 나타나 빠져나가면 수호신이 사라져 집안이 망하는 징조로 여겨졌다. 통신수단이 덜 발달했던 과거에는 자녀들의 생일이 되면 아랫목에 깨끗한 볏짚을 깔고 미역국 등 생일상을 차려놓고 기도를 올렸다. 70년대 자식이 월남전에 참전한 가정에서는 매일 상을 차렸다.

정화수는 생명의 상징이다. 정화수는 흐르는 물을 사용했다. 흐르는 맑은 물이 없는 경우에는 저장된 깨끗한 물을 사용했다. 정화수는 신에게 바치는 최고의 공물이었다. 정화수 다음으로는 술, 다음으로는 탁주를 이용했다. 하늘의 천신에는 맑은 물, 맑은 술을 토지신이나 산신에게는 청주를, 조상신에게는 탁주를 올리기도 했다. 따라서 장독대는 집안의 수호신인 청룡이 자리하는 곳이다. 청룡이 자리한 장독대에 최고의 공물인 맑은 물을 올려놓고 북극성을 바라보며 기도를 드린다. 이렇게 치성을 드리는 전통적인 의례를 '칠성기도'라고 한다.

북극성까지 거리는 대략 433광년이다. 정지된 별인 북극성이 영험하다면 세상에 치성을 드린 모든 사람이 복을 받았을 것이다. 반대로 생각하면 아니라는 생각이 들 것이다. 우리가 바라보는 북극성 별빛은 433년 전에 출발한 빛이라는 것이다. 그 빛이 신적인 영력을 발휘할 수 있을까? 궁금하다.

꽃 중에 사람 꽃이 제일 이뻐

한 어르신이 "집 앞에서 꺾었다."며 이름 모를 꽃가지를 한 묶음을 들고 오셨다. 아직 꽃망울도 트이지 않은 가지다. "왜 이 꽃이 좋으세요?" 하니 어르신은 "꽃 중엔 사람 꽃이 최고여." 하신다.

"사람꽃…!"

사람만 한 꽃이 있을까.

90평생 삶의 관록이 집중적으로 표시되는 곳은 얼굴이다. 주름은 인생의 관록을 상징하고, 깊이는 삶의 질곡을 드러내는 것이라고 생각한다. 얼굴은 그래서 그 사람의 인생을 나타내는 꽃이고 상징이기도 하다. 얼굴과 골상을 보고 평생의 길흉을 예측하는 관상이란 것이 생겼는지도 모르겠다.

사람은 자신들이 자신들의 삶을 스스로 살아 내면서도 자신들의 삶을 궁금해한다. 관상이란 통계를 통해서 답을 풀이한다. 궁금할 것이고 불안해하는 이유도 거기에 있다. 관상에는 다소 통계적인 측면도 있음을 부정할 수는 없다. 사람들의 삶이 어떠하든지 인생이란 꽃은 아름답다. "꽃 중에 가장 예쁜 꽃은 사람 꽃이다." 그런 면에서 치매로 고생하시는 어르신의 압축된 한 말씀은 인생 꽃에 적중한다.

생신 잔치에 울보 어르신

오늘 오후 2시부터 어르신들 생신 잔치를 했다. 생신으로 자리에 앉은 어른이 16분이다. 생신 잔치를 한다 하니 10여 분이 자신들도 생신이라신다. 당초 예닐곱 분보다 10명이 늘어났다. 담당 사회복지사가 큰일 났다며 찾아왔다. 모두 앉혀드리라고 했다.

"다음 달에는 어쩌죠…."

"모두 앉히면 되지."

어르신들이 즐거우면 된다. 가상의 생일일지라도 어르신들이 참여하고 싶은 생일 잔치, 그게 중요하다.

87세 여자 어르신이 엉엉 울면서 찾아왔다. 왜 그러시냐고 하니… 내 평생 이렇게 즐거운 생일 잔치는 처음이란다. 어르신의 울음에 끌어안고 나도 울었다. 이게 진정한 삶인가 보다.

생신 축하 인사를 드리며 감사한 삶을 사시라고 했다. 그리고 눈으로 보이는 감사보다 더욱 큰 것은 마음 안의 감사라고 말씀드렸다. 감사할 수 있으면 더 큰 세상을 얻는 일이다. (2018. 3. 28.)

이 어르신은 입소 보름뒤에 울면서 나를 찾아왔다. 최근에 입소한 어르신이어서 무슨 불편한 일이 있는지 긴장했다. 그런데 어르신 매시간 시작에 앞서 이름을 불러줘서 자신의 자존감을 찾았다며 좋아하셨다. 어르신은 그동안 "누구 엄마, 누구 마누라, OO댁"이라 불렸는데 센터에 와서 비로소 이름을 찾았다며 좋아하셨다.

애기 좀 합시다

76세 여자 어르신이 계시다.

이 어르신은 우리 센터 홍보맨이다. 어르신은 처음 입소하신 어르신들에게 센터에 대해 자상하게 설명하신다. 우리 직원들의 설명보다 어르신의 입장에서 설명하기에 더욱 설득력이 있다. 특히 집에서만 계시다 시설에 나오며 '혹시나 버림당하는 건 아닐까' 두려워하는 어르신에게 가슴에 와닿는 설명이 된다. 왜 여기에 오셔야 하는지, 오시면 무엇이 좋은지 등에 대해서 너무나 잘 설명하신다.

어르신은 연세에 비해 너무 젊으시고 날씬하시고 리더십도 있다. 요즘 '미투 운동(Me Too Movement)'이 세상을 놀라게 한다고, 어르신도 최근에 경험한 일이라며 이야기를 하셨다.

하루는 어르신이 빨간색 외투를 걸치고 어디를 가고 있는데 뒤에서 한 젊은이가 "이야기 좀 하시죠." 하며 다가오더란다. 날씬하고 빨간 외투에 모자까지 썼으니 착각한 모양이다. 어르신은 예쁜 목소리로 "그러시죠." 하고서는 걸음을 멈췄다. 앞으로 다가온 젊은이에게 그래 "우리 대화를 해 봅시다." 하니 어르신의 얼굴을 확인한 젊은이 기겁하더란다. 그리고는 바쁘다면서 내빼더란다. "젊은이, 나는 시간이 많아!" 하고 큰소리로 외치니, 젊은이 걸음을 멈추고 다가와서는 "어르신 연세가 어떻게 되세요." 하더란다.

그래서 "나 76살여." 하니

젊은이 "아니, 우리 할머니 연세네요." 하고서는

"저 바빠요." 하고 뒤도 돌아보지 않고 가더란다.

어르신이 이야기하는 내내 남녀 어르신들은 배꼽을 잡고 웃으셨다. 어르신의 이야기가 사실이 아니고 지어낸 이야기일 수도 있다. 이 어르신이 치매를 앓고 있는 어르신이라는 점에서 다른 측면으로도 볼 수 있을 것이다. 긍정적이고 낙천적이면 치매를 앓더라도 깊어지는 속도를 늦출 수 있을까? 이런 가설이 가능한 것인지 모르겠다. 치매를 예방하는 것이 중요하지만 연구해 볼 과제라는 생각을 한다.

치매 어르신의 시말서

　데이케어 등 장기요양기관을 운영하다 보면 어르신들의 출석에 신경을 쓸 수밖에 없다. 어르신들의 출석에 따라 건강보험 공단으로부터 들어오는 장기요양수가 규모가 달라지기 때문이다. 처음에는 어떻게 하면 등록인원 모두가 출석할 수 있을까? 고민도 했다. 하지만 시간이 흐르면서 부질없음을 알았다.

　어르신 대부분은 80~90대 어르신들이고 보니 결석할 수밖에 없다. 연세가 많은 어르신들은 질병 백화점이라고 해도 과언이 아닐 정도로 다양한 질병을 안고 있다. 정기적으로 병원 가는 날은 결석하는 날이다. 병원 가셨다가도 센터로 나오시는 어르신도 있지만 가정형편에 따라 다르다. 가능하면 센터로 모시도록 보호자들에게 설명하는 정도다.

　어르신의 출석은 어르신과 보호자가 결정한다. 집에 계신 것이 불안하면 보호자가 센터에 모시고 나오시도록 한다. 어르신도 집에 있는 것보다 센터에 계신 것을 좋아하는 어르신도 계시다. 어르신이 센터에 계신 다른 어르신들과 관계를 좋게 형성하는 어르신은 좀 피곤하더라도 센터에 나오시는 것을 고집하신다. 집에 가면 뭐하냐고…. 그래서 다만 한 시간이라도 더 계시려는 어르신이 있는 반면에 반대인 어르신도 많다. 센터에 있으면 집에 가서도 잠이 잘 오는 등 종일 집에 계신 것보다 낫다는 것을 알고 계시기 때문이다. 결국에는 어르신이 자기 결정권을 자신에게 사용해야 한다는 것이다. 이런 사정을 잘 아는 팀장은 결국 결석이 잦은 여자 어르신들 퇴청하는 자리에서 일갈했다.

"어르신, 결석 자주 하지 마세요. 이렇게 자주 결석하시면 시말서 쓰셔야 합니다." 옳은 말이다. 내가 교육한 효과가 있다.

"결석 어르신을 최소화하라."

때로는 직원들도 위기를 느끼나 보다. 직원들이 자진해서 홍보에 나설 때도 있다. 홍보를 나가면 직원들은 홍보하면서 겪은 경험들을 늘어놓기도 한다. 가끔씩 긴장감을 조성하는 것도 센터를 운영하는 데 필요한 것 같다. 센터가 정상적으로 운영이 되어야 부담 없이 월급을 받을 수 있기 때문이다. 아직 봉사하는 심정으로 센터에 나와서 일하는 것이 기쁘다고 말하는 직원을 보지 못했다. 이런 위기 상황을 자주 설명하면 직원들도 자연스럽게 어르신들을 향해서 외친다.

"집에 계시면 치매 아가씨가 찾아옵니다."

"집에서 식사하시고 주무시고를 반복하면 치매 아가씨가 찾아옵니다."

"센터에 나오시면 삶의 활기를 찾을 수 있습니다."

"그러니 센터로 나오셔요."

직원들이 반복해서 외친다. 어르신들도 수긍은 하신다. 하지만 마음과 달리 육신이 따라주지 않는다. 센터를 경영하는 입장에서는 직원들이 모든 일에 하나하나 신경 쓸 때 감동한다. 그래서 약간의 긴장감을 유지하는 것이 중요하다고 생각한다. 데이케어센터의 생명은 허용된 정원을 채우는 것이고 출석률을 높이는 것이다. 생활실이라는 공간에 어르신들로 채워져야 한다. 그리고 공간에는 생동감 넘치는 음악이 있어야 한다. 산뜻함이 있어야 하고 공간을 통해서 삶의 역동성을 찾을 수 있도록 노력해야 한다. 가끔 나는 최선을 다하고 있는가? 자문한다.

고집스러운 어르신들

데이케어센터를 운영하다 보면 고집스러운 어르신들을 본다. 덥다고 하면서도 두세 겹 옷을 입고 거기다 겨울옷까지 겹쳐 입고 나오신다. 한여름인데도 그러신다. 어르신을 직원들이 간신히 설득해서 옷장에 옷을 걸어두면 수시로 '잘 있는지' 확인한다. 그래서 나는 어르신들이 한여름인데도 겨울옷까지 챙겨 입고 나오시는 것은 계절 감각을 잃어버리지 않았을까 하는 우려를 한다.

실내는 어르신들을 위해서 천정에어컨 4대를 가동해서 시원하다. 어르신들은 그래도 체력에 따라서 한편에서는 덥다고 하고, 다른 한편에서는 춥다고 하신다. 치매가 오면 파킨슨도 함께 따라오는 경우가 있다. 치매와 파킨슨이 동시에 오면 여름옷만 입고 있어도 덥다고 한다. 그래서 귀가할 때면 한 차례 전쟁을 치른다. 옷장에 넣어둔 겨울옷을 모두 입고 가려고 나서기 때문이다. "밖은 더워서 푹푹 찝니다. 어르신." 해도 막무가내다.

어르고 사정하고 아무리 설명해도 소용이 없다. 치매라는 질병이 무서운 이유다. 이상한 것은 한겨울에도 덥다고 한다는 사실이다. 그래서 창문 쪽에 항상 앉는 어르신이 계시다. 창문을 열겠다고 힘을 쓰신다. 추위를 타는 다른 어르신들을 위해 모시고 옥상으로 올라가

기도 한다. 밖이 얼마나 추운지를 경험시키기 위한 것이다. 하지만 어르신은 감각이 없으신 모양이다. 치매의 미궁일 뿐이다.

집에서는 더욱 심각하다. 센터에서는 여러 명의 직원이 분담해서 어르신들을 관찰하기 때문에 덜 힘들다. 하지만 집에서는 대부분 보호자 혼자서 어르신을 봐야 한다. 한 어르신은 하룻밤에 화장실을 60여 차례 가신다고 한다. 그때마다 불안한 딸은 잠자리에서 일어나야 한다. 아마도 화장실 다녀오신 사실을 잊는 것은 아닐까? 그런데 센터에서는 자주 다니시기는 하지만 그렇게 빈도수가 높은 것은 아니다. 집에서는 안정을 찾고 센터에서는 다른 사람을 의식하는 것은 아닐까? 추정할 뿐이다. 약이라고는 안정제거나 이완제를 투약하는 정도다. 정부가 '국가치매책임제'를 거들고 나섰기는 했지만, 특별하게 개선되거나 진전된 부분은 없다.

보호자들은 지칠 만도 한데 가능하면 어르신을 댁에서 모시려 한다. 보호자 대부분이 '부모는 집에서 모셔야 한다'는 고정관념을 가지고 있기 때문이다. 어르신들도 요양원은 물론 데이케어조차 되도록 피하려 한다. 그러다가도 불가피하게 우선은 데이케어를 이용한다. 그리고 비용을 주도적으로 분담하는 쪽의 주장에 따라가는 경우가 많다. 형제간에 비용 분담을 주도하는 쪽이 요양원으로 기울면 그렇게 따라간다.

그럼에도 보호자들은 직접 부모님을 모시려고 한다. 어르신을 모시기 위해 팔이 멍들고, 잠을 제대로 이루지 못하는 경우가 많다. 직장에서 제대로 일하지 못하는 경우도 많다. 보호자들도 힘들지만, 우리도 힘든 경우가 많다. 보호자도 지쳐서 거의 포기 상태에 이르고 요양원 쪽으로 생각한다. 보호자가 정상적인 생활이 가능하기 때문이다.

그렇게 요양원으로 어르신을 모시면 몇 개월 안 돼서 돌아가신다. 왜 그런지 이유를 모른다. 나는 그렇게 여러 어르신을 천국으로 보냈다. 내가 나쁜 놈일까?

우리 가족 3대

우리 가족은 3대가 함께 산다.

어머니와 우리 부부, 그리고 작은아들, 큰아들은 유학 중이다. 3대가 함께 산 것은 그리 오래되지는 않았다. 아버지 돌아가신 87년 서울로 오셨던 어머니가 언제부턴가 시골 타령을 하셨다. 2010년 고향 집 바로 아래 동생이 구입한 밭에 30평 규모의 흙벽돌 집을 지었다. 그곳에서 어머니는 비교적 만족스러운 생활을 하셨다. 젊은 시절 함께 살았던 마을 사람들이니 쌓인 정도 많았던 모양이다.

그런데 2016년 가을 사무실에서 일하고 있는데 동생한테서 전화가 왔다. 어머니가 새벽예배 가시려고 준비하다 화장실에서 낙상하셨단다. 119에 연락해서 대전 건양대 병원에 입원하셨다. 부랴부랴 대전으로 갔다. 어머니는 건양대 병원 응급실에 계셨다. 병실이 없어서 기다리고 계셨다. 의사 선생님은 척추 2번 뼈에 금이 갔다면서 병원에서 특별하게 할 일은 없다고 한다. 움직이지 말고 안정을 취해서 금이 간 뼈가 붙어야 한다고 한다. 어머니 아프시다는데, 참으로 한심했다.

시골로 가신 어머니는 평소대로 새벽 4시면 일어나서 새벽예배에 참석하신다. 이날도 교회에 갈 준비를 하다 화장실에서 미끄러지셨다. 어머니는 그 상황에 119에 전화를 걸었다. 두 시간 가까이 걸리는 건양대 병원으로 가셨다.

건양대 병원에 한 달가량 계셨다. 병원에서는 할 일이 없다며 다른 병원으로 옮겨달라고 요청했다. 하는 수 없이 서울로 모시기로 했다. 당산동에 있는 성모병원으로 옮겼다. 요양병원이었다. 재활시설도 비교적 좋아서 어머니는 잘 적응하셨다. 10개월 정도 요양병원에서 계셨다. 요양병원 원장은 옮겨도 좋다는 의견을 듣고 우리 집으로 모셨다. 그렇게 3대가 살게 됐다.

어머니가 집으로 오신 뒤로는 함께 살던 작은 아들의 신경이 무척 날카로워졌다. 가끔씩 독립하겠다고 호소한다. 이제 30이 넘었으니 결혼해서 독립하라고 했다. 결혼에 대해서는 언급이 없이 독립만을 강조했다. 아들은 일하는 사무실 근처에 원룸을 구입해서 독립했다. 그런데 3천만 원이 부족하다고 한다. 부족한 돈은 채워주었다. 그리고 차용증을 확실하게 받으라고 집사람에게 했다. 부모 자식 사이에 차용증이 웬 말이냐고 할 수 있지만 큰아들이 있고 증여의 문제도 있으니 그런 만약에 대비해야 하기 때문이다.

독립하는데 조건은 단 한 가지만 달았다. 주일날에는 반드시 아빠와 함께 교회를 가는 것이다. 주변에서는 양보하라고도 하지만 양보할 일은 아닌 것 같다. 아직은 잘 지키고 있다. 친구들이 장가가고 해외출장 가고 하면 교회는 빠지기도 한다. 나는 주일에 친구들의 혼사에는 참석하지 않는다. 그게 나의 원칙이다. 그런데 자식의 경우를 강제할 수는 없어 허용하고 있다. 언젠가는 스스로 깨달을 때가 있을 것 같아서다.

결혼도 할 모양이다. 어느 날 여자 친구 집에 인사드리고 왔다고 한다. 엄마 아빠한테도 인사하러 온다고 한다. 큰아이는 자발적으로 여자 친구와 함께 밥을 사달라고 했다. 마포 상수동에 있는 연어 집에서 얼굴을 본 적이 있다. 큰아이가 처음으로 요청한 일이다. 아마도 자신이 있었던 모양이다. 그날 이후, 어느 날 문득 여자 친구와 잘 지내냐고 물었더니, 헤어졌다고 한다. 큰아이는 유학을 준비하고 있어서 여자 친구에게 함께 떠나자고 했단다. 그러나 여자 친구는 돈을 벌어야 한다고, 그래서 유학은 못 간다며 헤어지자고 했단다. 아무튼, 그들은 헤어졌다. 현재 큰아이는 일리노이대학에서 사회복지 박사과정 중에 있다.

요즘 출생률이 문제다

여성들은 출생률 저하 문제를 여성들의 문제로 비약한다며 흥분한다. 출산 관련 학자들은 예산이 부족하다며 예산 증액을 타령한다. 근본적인 문제보다는 주변부의 문제들로 자신들의 밥그릇만 생각하는 모양새다. 정부가 출생을 장려 차원에서 투입한 정부예산을 보면 전문가라는 사람들의 비전문성을 확인할 수 있다. 2006년부터 2017년까지 10년 동안 저출산 대책으로 지출한 예산이 200조 원이다. 합계출산율은 2006년 1.12명에서 2017년 1.05명으로 오히려 낮아졌다. 투자했기 때문에 더 낮아질 수 있는데 이를 방지했다고 주장할 수도 있다. 2018년 26조 원, 2019년에는 27조 원을 요구하고 있다. 밑 빠진 독이다. 돈으로 출산문제를 해결하겠다는 발상은 우리 정서에 맞지 않는다.

미국 드라마에 《심슨 가족》이라는 드라마가 있다. 그리고 《월튼네 사람들》이라는 드라마도 있다. 두 드라마의 지향점은 다르다. 심슨네 가족은 핵가족이다. 월튼네는 대가족사회다. 미국 사회는 월튼네로 돌아가고 있다. 대가족은 80년대 전체 인구의 12.1%까지 낮아졌다. 2016년 현재 20%로 증가했다. 미국인 5명 중 1명은 대가족이다. 미국 사회가 바뀌고 있다. 41대 미국 대통령 조지 부시는

1992년 후보 시절 선거 유세에서 "우리는 심슨 가족보다는 월튼네로 돌아가야 한다"고 강조했다. 미국 지성인들의 생각이 바뀌고 있는 것이다.

　대가족 사회였던 우리는 어떤가?

　1970년대 23%에서 2016년 5% 아래로 추락했다. 천문학적인 예산을 투입하고 있는데도 그렇다. 우리는 먹고 사는 것을 해결하기 위해 핵가족을 지향했다. 그런데 그 결과는 가족의 해체로까지 확대되고 있다. 핵가족도 모자라 1인 독거 가정이 전체 가정의 50%에 육박하는 상황이다. 우리는 가정에 대한 기본적인 개념을 다시 정립해야 한다. 가정문제는 돈으로는 해결할 수 없다. 백약이 무효다.

　돈보다는 가족 가치의 중요함을 깨달아야 한다. 다시 가정으로, 다시 가족으로 돌아가야 한다. 대가족사회의 장점과 윤리와 지향점을 새롭게 정립하고 이론적인 근거도 제시해야 한다. 우리는 경험했다. 서울의 기적을 경험했고 그 유산을 세계시민들이 경험하도록 교육하고 있다. 이제 더 늦기 전에 가족의 소중함을 전통적인 개념으로 승화시켜 저출산 시대를 극복하도록 나아가야 한다. 그래야 인간이 로봇의 애완 대상으로 전락하지 않을 수 있다.

　저출산문제는 궁극적으로 당사자인 젊은이들에게 물어야 한다. 결혼적령기의 젊은이들이 출산과 관련해서 어떤 생각을 가지고 있을까? 교육문제, 주택문제를 주로 거론했다. 궁극적으로는 이 문제를 해결할 수 있는 취업하는 문제다. 젊은이들에게 물어보면 천정부지로 오르기만 하는 주택문제만 해결된다면 결혼하여 아이를 낳을 수 있다고 한다. 정부는 10년 동안 200조 원이나 저출산 대책에 엄청난 국가 예산을 들이부었다. 그럼에도 얻은 것은 합계출산율은 가임 여성 1명당 0.8명(2022년 통계 기준) 이하로 떨어지고 말았다. 제대로 목표를 잡고 예산을 집행했는지 궁금하다.

구십구냐? 구십아홉이냐?

센터 출입구 로비에 어르신 두 분이 자리를 잡았다. 댁으로 돌아가기 위해 신발을 실내화에서 실외화로 바꿔 신으면서 신발장에 붙어있는 한 어르신의 명찰에 눈길이 거의 동시에 멈췄다. 매일 보는 어르신인데 마치 처음 보는 것처럼 저 어르신 구십구살이네 하신다. 그 옆에 앉은 어르신이 아니라면서 구십아홉살이라고 하신다.

나는 지켜보면서 어느 쪽이 이길까? 궁금했다. 옥신각신하다 옥신각신하던 다툼 그 자체를 잊어버렸다. 그때 마침 요양보호사가 "어르신들 댁으로 가셔야지요. 엘리베이터에 타세요?" 외쳤다. 이 소리와 함께 옥신각신하던 두 어르신은 의좋게 손잡고 차량으로 이동하기 위해 엘리베이터에 오른다.

어르신들은 다음날에도 같은 자리에서 '구십구살과 구십아홉살' 놀이를 하셨다. 어제 똑같은 시간에도 서로 다툼이 있었다는 사실을 기억할 리가 없다. 그래서 치매가 무섭다.

숫자 99는 말할 때는 아흔아홉이 맞다. 그래서 방송에서는 구십구가 아니라 아흔아홉이라고 해야 한다.

우린 괜찮은데!

망상, 조울증, 배회 등등 치매의 증상이다. 아니, 치매 증상은 더 다양하다. 우리 어르신들이 겪는 고통이다. 한 어르신은 항상 센터에 도착하면 아침부터 우신다. 조울증에 망상이 겹쳐 누구 때문이라고 계속 주장하신다. 무어라고 말씀은 하시는데 알아들을 수가 없다. 가끔씩 알아들을 수 있는 단어가 들리기도 한다. 한 예로 자신에게 누군가가 '도둑년'이라고 했단다. 간혹 남편도 원망한다. 자기를 여기에 두고 자기 혼자 가면 나는 어떻게 하냐며 원망한다. 막무가내(莫無可奈)다. 그때마다 보호자인 남편과 딸에게 전화를 연락해 보지지만 모르겠다고 한다.

남편은 약으로 조절이 가능하다는 이야기를 들었다며 그동안 다니던 병원에서 신촌 큰 병원으로 옮겼다. 그래서 진료가 예정돼 있다며 조금만 기다려 달란다. 그때까지 다른 어르신도, 지켜보는 직원들도 고통이다. 어떻게 할 수가 없다 막무가내다. 결국 남편은 자신이 돌보겠다며 직장을 관두고 부인을 모셔갔다.

비슷한 증상의 어르신이 계셨다. 센터에 오시면 하루 종일 센터를 돌면서 울었다. 가래침을 뱉고 상상을 초래하는 욕설을 내뱉었다. 얼굴은 80대인데도 팽팽하니 고왔다. 나는 궁금했다. 왜 울까? 하루 종일 우시는 어르신의 과거에 대해서 궁금했다. 모시는 큰 따님에게 어르신의 과거에 대해 물었다. 그런데 자기도 모르겠다고 한다. 그래서 치매를 전공한 교수들을 찾아갔다.

국내 박사들은 잘 돌보라는 말 외에는 특별한 대안을 제시하지 못했다. 일본에서 박사학위를 받은 한 교수는 이런 이야기를 했다. 어르신에게 과거에 맺힌 말 못 할 사연이 있을 것이니 보호자의 이야기를 들어보라고 했다. 나는 그 어르신의 따님을 만나 자초지종을 이야기하고 어르신의 과거 삶에 대해서 알고 싶다고 했다. 그러나 들을 수 없었다. 따님은 어르신의 과거를 말할 수 없다며 강력하게 거부했다.

이제는 몇몇 치매 전문 병원을 찾아서 상담을 받았다. 우는 어르신에 대한 대책이 있는지…. 내가 만난 의사들은 있다고 했다. 약물을 조절해서 감정을 조절할 수 있다고 한다. 따님에게 의사들의 이야기를 전했다. 약으로 조절이 가능하다고… 따님도 알고 있었지만 거부했다. 약은 쓸 수가 없고 한다. 약에 대한 부작용을 거론했다. 이렇게 우는 것도 약물의 부작용이라고 했다. 아마도 보호자도 약을 처방받아 사용해 본 것 같다. 상황이 개선되기보다는 더욱 악화됐다고 판단하고 있는 것 같았다. 하지만 어르신으로 인한 피로는 계속 누증(累增)되고 있었다.

이렇게 고민하고 있을 때 하루는 어르신 5명이 내 방에 오셨다. 어르신들 무슨 일이 세요. 어르신들 "저 우는 노인네 좀 어떻게 해 줘." 하신다. 부연하면 "안 나왔으면 좋겠다."고 하신다. 우는 어르신만 보면 심란하시단다. 따님을 만나 어르신들의 그런 사정을 설명했다. 그 와중에 어르신 세 분이 우는 어르신 때문에 다른 곳으로 옮겨 가셨다. 센터를 운영하는 나로서는 치명적이다.

나는 어르신의 따님께 구체적으로 설명했다. 다른 어르신들이 피해를 호소하니 한 달 안으로 대책을 마련해 달라고 했다. 어르신들이 호소한 이야기, 다른 센터로 떠나가신 이야기 등을 구체적으로 전했다. 대책은 따님이 선택해야 한다. 한 달이 지난 뒤 어르신은 다른 곳으로 이동한다며 퇴소를 신청했다.

여러 날 뒤 주변 요양원에서 전화가 왔다. 요양원 센터장이란다. 첫마디가 죽겠다고 한다. 어르신이 요양원으로 가신 것이다. 거기서도 울면서 배회하신단다. 요양원이니 밤낮 계속해서 그러신단다. 요양원 센터장은 한동안 푸념 섞인 전화가 요즘은 전화가 안 온다. 어르신이 또 다른 곳으로 옮겨가신 것은 아닐까 추측만 한다. 그렇게 해서 어르신이 나오지 않게 됐다.

며칠 뒤 내 방에 오셨던 어르신 다섯 분 중 떠난 세 분을 빼고 두 분이 다시 나를 찾아왔다. 어르신들 "왜 우는 노인네 안 나와요." 하신다. "다른 곳으로 가셨어요." 했더니. "아니 우리 괜찮은데." 하신다. 그 어르신들을 다시 쳐다봤다. 그리고 아…! 그렇지! 치매였지. 다 잊은 것이다. 맨 처음 나를 찾아오셨을 때 어르신들에게 "어르신들 그 어르신 좀 이해해 주세요. 많이 아파요." 했다. 어르신들 "우리도 아파요. 우리도 좀 이해해 주세요." 했던 어르신들이다. 어르신들이 무섭다. 아니 치매가!

아멘!

우리 센터 최연장자는 101세 어르신이다.

어르신이 오늘 점심식사 후 옷장에 붙은 명찰을 죽 돌아보신다. "왜 그러셔요?" 하니 "나이가 모두 나보다 어리네." 하신다. 어르신은 모두 자신보다 나이가 많은 줄 알았단다. "맞아요, 어르신은 예순쯤 되어 보여요." 하니 "하이고 망측해서리." 하신다. 정말로 겉으로 보기에는 백 살로 보이지 않는다.

어르신은 독실한 크리스천으로 원로 권사님이시다. 송영차를 타고 집으로 돌아갈 때는 도착할 때까지 10여 분 동안 기도하신다. 센터와 일하는 직원 모두 그리고 함께 이용하는 어르신들의 건강을 위해 기도하신다. 처음에는 교회 다니지 않는 어르신들이 시끄럽다 원성이 자자했다. 그런데 요즘은 당연한 것으로 여기신다. 더욱이 놀라운 것은 어르신이 기도를 마칠 때면 모두 "아멘"으로 합창하신다. 정말로 "아멘"이다.

어르신은 치매 증상은 있지만 심각하지는 않다. 인지적으로는 총명하시다. 일어도 중국어도 영어도 잘하신다. 과거에 대해서는 말씀을 안 하신다. 사연이 있는 것 같기는 한데 우리로서는 알 수가 없다.

가끔씩 혼자서 되뇌신다. "갈 데도 없고, 오라는 데도 없다."고. 현재 함께 살고 있는 딸은 양딸이라고 한다. 친인척과의 관계가 단절된 것이 아닌가 하는 생각이 든다. 어르신은 "하나님이 자신을 천국 지각생으로 만들고 있다."고 한탄한다. 이 어르신을 대할 때마다 궁금한 것이 많았는데, 보호자와는 소통하기가 매우 어려웠다. 대화하려 하지 않기 때문이다.

어르신은 어느 날 졸업장을 달라셨다. 나는 "어르신 졸업장은 영원히 없슈." 했다. 어르신은 몇 달 전 104살에 하늘나라로 가셨다. 오늘 핸드폰을 뒤적이다 우리 어머니와 함께 찍은 어르신을 보니, 가슴이 저민다. 어르신은 2019년 봄에 소천하셨다.

위험하지 않은 것이 없다

우리 사무실엔 사탕 바구니가 있다. 떨어질라치면 채워놓는다. 사실상 비상용이다. 당이 떨어져 고생하는 어르신들 때문이다. 물론 생활실 내 약장에도 항상 비치해 둔다. 어르신들이 달라고 하면 혈당 검사와 함께 부드러운 사탕을 드린다. 잘못해서 목에 걸릴 염려가 있기 때문이다.

한 남자 어르신은 아침저녁으로 자주 사무실을 찾는다. 한때 대양을 두루 누볐던 마도로스의 기상 때문인지 연세에 비해 건강하시다. 어르신이 사무실에 들렀다 가시면 사탕이 푹 줄어든다. 어르신이 한 움큼을 들고 가신 것이다. 대부분의 어르신들은 당이 높다. 물론 당이 떨어지면 기력을 잃지만 높아도 문제다. 사탕은 달지만 세상은 사탕처럼 달지만은 않다. 잘못하면 단 사탕도 사람의 생명을 위협한다. 어르신들이 생활하는 곳에는 위험하지 않은 것이 없다.

어르신들에게 있어서 위험하다고 하는 것은 무조건 금지해야 한다. 왜 우리를 여기에 가두고 세상 밖 출입을 금지하느냐고 호소하는 어르신들도 계신다. 그 주장이 일견 타당하다고 할 수 있다. 안타깝다. 하지만 어르신의 안전과 보호자들의 안전한 경제활동을 위해서는 불가피하다고 어르신들에게 아무리 설명해도 100에 1도 수용하지 않으신다. 어르신들은 오직 자신의 주장을 펼치고 수용이 안 되면 큰소리로 반격한다. 그러다 제풀에 꺾이기도 하지만, 안타깝다. 모두의 안전을 위해서다.

안쓰러움

며칠 전 95세 어르신이 고향인 부산을 다녀오셨다. 그런데 머리가 어지럽다고 하신다. 아마도 부산에서 무슨 일이 있었나 보다. 하늘나라로 가신 어르신의 영감님은 5, 60년대 오대양을 주름잡던 마도로스였다고 한다. 그 덕에 상당한 재산을 남기셨다고 한다. 자녀들도 사회적으로 상당한 위치에 있다고 자랑하셨다.

어르신이 언젠가 사무실에 오셨다. 그리고는 자식들이 재산 나누는 문제를 자주 거론한단다. 대여섯 개 되는 빌딩을 팔아서 나눠달라고 한단다. 그러면서 "원장님 어쩌면 좋지요." 하신다. 나는 생전 상속을 반대한다. 그래서 "그냥 가지고 계세요." 했다. 생전 상속을 하고는 어르신 혼자 외톨이로 남아 고생하는 어르신을 많이 봤다.

일을 치르고 오신 어르신 어지럽다고 호소하신다. 아마도 부산에서의 일이 혼란스러웠나 보다. 하지만 어르신은 그 상황에 대해서는 말씀하지 않으신다. 그래서 "어르신 걱정하지 마셔요. 자녀분들이 얼마나 똑똑한데 걱정하셔요. 잘할 겁니다." 하고 위로했더니 원장님 믿는 것이 훨씬 낫겠단다.

원장님은 항상 웃는 낯으로 내게 필요를 제공하는데, 자식들은 나 필요보다는 자신들의 필요 때문에 모여든다고 푸념하신다. 그래서 어르신한테 "어르신 그냥 가지고 계시지…" 하니 "이제 죽을 때가 됐으니…" 하신다. 내가 "그래도…" 하니. 어르신은 재산분배 뒤 헛소리가 들린다며 고통을 호소하셨다. 재산분배를 두고 형제간에 의가 상하거나 소송전으로 다투거나 하는 등의 걱정이 태산이다. 부모이니 그런가 보다.

　나는 재산을 자식들에게 모두 물려주고 난 뒤에 거처할 집조차 없는 노인들을 봐 왔다. 그래서 재산은 끝까지 쥐고 있어야 한다고 어르신들께 말씀을 드린다. 그래야 자식들이 모인다. 어르신은 얼마 뒤에 우리 센터를 떠나 요양원으로 가셨다. 어르신이 안녕하시길 빈다.

감동

우리 센터는 매일 아침 어르신들께 雙和차를 드린다. 雙和차 한잔 이 별것 아니지만 1년, 2년 계속해서 마시면 시나브로 감기를 물리 치는 힘을 지닌다. 데이케어를 운영하는 어느 목사님의 자랑에 시도 한 것이 적중했다.

雙和차 처방은 한의원에서 약재를 정확하게 계량해서 조제한다. 雙和차로 인해서 동네 어르신들이 모이는 한약재상에 한 달이면 두 세 차례씩 들린다. 어느 날도 마찬가지로 동네 어르신 4, 5명이 한약 재상 입구에 둘러앉아서 잡담 중이었다. 내가 들어서서 그런지는 모 르겠지만 한 어르신 "내 친구가 낙상당해서 걷지를 못했는데 센턴가 뭣인가를 다니더니 딸하고 여행간다."고 했다. 내가 받아서 "제가 그 센터 주인입니다. 놀러 오세요. 제가 차 대접할게요." 했다. 어르신들 신기한 듯 바라보신다. 우리 센터가 어르신들의 입에서 입으로 긍정 적인 방향으로 소문나는 것 같아서 기분이 좋았다.

어르신들의 화제가 됐던 어르신은 건강해져서 고향인 의정부로 가 셨다. 어르신은 댁에서 낙상으로 우리 센터에 오실 때는 휠체어를 타 고 오셨다. 상담 결과 낙상으로 인한 상처는 모두 아물었으나 운동을 많이 해야 한다고 했단다. 처음엔 휠체어에서 내리기도 어려웠지만 보행보조기를 잡고 111평 되는 센터를 한 바퀴, 두 바퀴 도는 사이에 다리에 힘이 들어간다. 젊은이들이 100바퀴 도는 것보다 어르신이 10바퀴 도는 것이 더 효과가 있다고 한다. 의사들의 설명이다. 어르신은 너무나 적극적으로 운동을 하셔서 친구들이 놀랄 정도의 효과를 보셨다.

센터를 떠나던 날 어르신의 딸이 그랬다. 자신이 간호사인데 데이케어센터의 도움을 이렇게 자신이 받게 될 줄은 몰랐다고 한다. 누구나 알고서 결정하는 일은 없다. 가능성이 있기에 결정하는 것 아닐까? 내가 치매 어르신들을 위한 센터를 세우고 일할 줄 알았겠는가?

어르신은 의정부 어디에선가 자녀들과 함께 즐거운 생의 마지막 부분을 살아 내고 계실 것이다. 하나님의 은혜가 그 가정에 가득하길 기도드린다.

원장은 만능인가?

93세 어르신이 사무실에 오셨다. 오자마자 "나 이것 좀 빼줘." 딸이 어버이날에 보석 반지를 손가락에 끼워줬단다. 그런데 문제가 생겼다. 빠지질 않는 것이다. 얼마나 빼려고 하셨는지 손가락이 부었다. 일단 손가락 안으로 반지를 밀어 넣었다. 부은 것이 어느 정도 가라앉은 뒤에 반지를 뺐다.

어르신들은 문제가 생기면 무조건 나를 찾아오신다. 거울이나, 안경다리에 문제가 생겨도 나를 찾는다. 내가 만능이어야 하는 이유다. 시설의 고장은 모든 것을 내가 수리한다. 그러니 주일에도 예배를 마치자마자 센터로 와야 한다. 나에게는 주일날이 그나마 유일하게 쉬는 날이다. 토요일에도 이용을 원하는 어르신들이 계시면 운영해야 한다. 그래서 쉬는 날은 주일과 설날, 추석날 그리고 노동자의 날이다. 수리해야 하는 일이 있으면 주일 오후에 혼자 나와서 수리를 한다. 모든 것을 공사하는 사람들을 통해서 했지만 개념과 위치, 규모 등은 내 지침에 따른 것이다. 적당히 손재주가 있는 나로서는 수리도 재미있게 시행한다.

이런 경험으로 센터를 준비하는 사람들에게는 잡다한 수리는 직접 하라고 권한다. 직접 하면 시설을 개선해야 할 과제들도 발견하게 된다. 지출도 줄일 수 있다. 사람을 부르면 인건비가 우선 2, 30만 원이다. 인건비가 자재비보다 더 많다. 전문가가 아닌 만큼 수리해야할 부분에 대한 개념을 반복해서 정리하고 수리 요령까지도 연구한다. 작업 도구와 자재가 들어오면 수리 위치에 대략 적용해서 맞는지를 우선 파악해야 한다. 수리나 조립 요령을 나름대로 정리해 나간다. 이런 요령을 수리할 때마다 반복해서 적용하면 수리는 그다지 어려운 일은 아닐 것이다.

사회복지시설에서는 아껴야 한다. 조건은 없다. 아끼지 않으면 운영을 할 수가 없다. 소소한 돈이라고 가볍게 여기면 빗방울에 바윗돌 뚫리듯이 감당할 수 없는 지경을 맞을 수도 있기 때문이다. 그러니 소소한 일들도 원장을 찾는다. 그래야 어르신들의 당한 일을 해결할 수 있기 때문이다. 즐거운 하루다. 일 속에서 재미를 찾으시라!

자웅(雌雄)

어떤 모임이나 여럿이 모이면 경쟁자가 있기 마련이다. 우리 센터에도 빈번히 그런 모습을 보이는 두 어르신이 계시다.

A 어르신은 독실한 천주교 신자이신데 TV에서 노래가 나오면 자리에 앉아서 가락에 따라 몸을 흔들며 춤을 추는 등 소위 이미지 운동을 하신다. 어르신은 또 센터에 도착하자마자 묵주를 굴리며 기도하신다. 자신과 가족과 센터에 함께하는 어르신들의 건강에 대해서 기도하신다.

B 어르신은 청각에 문제가 있다. 그런데 자신에 필요한 것은 잘 들으신다. 자신에게 불리하거나 귀찮거나, 불필요하거나, 관심 사항이 아닌 것은 못 들은 척(?)하신다. 안 들리시는지 못 들으시는지 모르지만, 아무튼 못 들은 척하신다. B 어르신은 A 어르신이 TV에 따라 율동을 하면 뒷전에서 흉을 본다.

B 어르신은 청각이 좋지 않으시지만, 그럼에도 앞에서 눈으로 보이는 것에 대해서는 그냥 넘기는 일이 없으시다. 정확하시다. 모든 해석은 자신의 유불리 중 유리한 것만 보고 지적도 하신다. 때로는 정확하게 본질을 지적하기도 하신다. 요즘 B 어르신은 A 어르신을 피하신다. A 어르신이 춤을 추면 B 어르신은 다른 자리로 피하신다. 아름답게 대응하신다. 그동안 지내온 지혜인 듯하다.

소천하셨습니다

데이케어센터, 주야간노인복지센터를 운영하다 보면 어르신들의 운명에 대해서 무뎌지거나 막막해질 때도 있다. 내가 운영하는 센터를 이용하다 돌아가시는 분들이 계셨다. 우리 어머니도 이곳을 이용하시다 2022년 4월 소천하셨다. 어르신들이 이곳을 떠나서 돌아가셨다는 소식들 대부분은 소천하시고도 상당 기간 지난 뒤에 듣는다.

한때 "밤새 안녕하셨어요?"란 인사가 유행했던 시절이 있다. 센터를 운영하는 사람들은 이 인사를 매일 아침 새겨보게 된다. 어르신들의 연세가 많은 데다 대부분 노인성 질환을 앓고 계시기 때문이다. 어제 주일(1월 8일)에 33년생 어르신이 소천하셨다. 직원들이 문자로 카톡방에 올렸다. 주일에는 예배를 드리기 때문에 핸드폰을 꺼 놓는다. 예배를 마치고 오후 5시쯤 확인했다.

어르신은 지난 금요일 무척 힘들어하셨다. 저녁 식사는 하는 둥 마는 둥 하셨다. 그래선지 토요일에는 나오시지 않았다. 병원에 가신 줄로 알았다. 그런데 이렇게 소천하셨다는 소식을 들은 것이다. 안타깝고 지난 금요일 힘들어하시던 어르신의 모습이 계속해서 지워지지 않는다. 며칠 이렇게 보낼 것 같다.

누구에게나 오는 것이지만 막상 당면하게 되면 어찌 되는가? 체념… 증오… 불쾌… 어찌 설명할 길이 없다. 소천하시는 어르신들이 있을 때마다 이런 생각으로 머리가 복잡하다.

어르신이 주님 품에 안전하게 안기시길 기도한다.

제3부

가지 않은 길

묵주, 감정, 자살

우리 센터에 나오시는 어르신 중 독실한 천주교인이 계시다. 아침마다 묵주를 굴리며 기도하신다. 그런데 가끔씩 묵주를 찾느라고 혼란스러워질 때가 있다. 오늘(23년 1월 7일)도 한바탕 소동을 벌였다. 어르신들은 걷는 것이 부자연스러워도 가방은 꼭 들고 다니신다. 혼란을 진정시키기 위해 겉옷부터 가방까지 살폈지만 묵주는 보이지 않는다. 걱정이 태산인데 고개를 드는 순간, 내가 "찾았다!" 하고 외쳤다. "어딨어?" 하신다. "어르신 얼굴이 묵주네." 했더니 웃으신다. "어르신 묵주가 목걸이 됐네." 했더니… "하이고야, 이게 여기 있었구나…" 기특해하신다.

"감사합니다. 사랑합니다."를 연발하신다.

작은 것에 자신의 감정을 드러내는 것은 좋은 것 같다. 싫든 좋든 자신의 감정을 억제하는 것보다는 표현하는 것이 건강에 좋아 보인다. 하지만 감정표현은 습관이라서 어릴 적부터 훈련하고 교육하는 것이 중요하다.

내가 대전에 근무할 때 당시 충남 경찰청장이 전화를 걸어왔다. 대전CBS에서 출판한 『충남기독교연합회 교회주소록』을 구하고 싶다는 것이다. 경찰에서 이 책이 왜 필요할까요? 하고 물었다. 답변이 참으로 기가 막히다.

충남경찰청장은 충남 당진 출신이다. 청장 왈, 충남지역 노인자살율이 전국에서 가장 높단다. 그래서 자살예방 서한을 각 교회에 보내기 위해 우리가 제작한 교회주소록이 필요하단다. 나도 고향이 충남 부여인지라 흔쾌히 50여 권을 보냈다. '교회주소록이 이렇게 전혀 의도하지 않은 곳에도 이용되는구나. 만들기를 참 잘했다.' 생각했다.

대통령 출마하겠다

내 이야기가 아니다. 우리 센터를 이용하시는 어르신 가운데 군 출신이 계시다. 헌병대 대령 출신이라고 한다. 실제 대령 출신인지는 모르겠다. 센터 남자 직원들은 모두 헌병 후배로 내세우셨다. 자기주장이 강하시다. 나를 찾아와서는 센터를 이렇게 운영해서는 안 된다며 문을 닫으라고 한다. "네, 당장 닫겠습니다." 맞장구치면 스스로 물러가신다. 이야기하기를 좋아하시는데, 대부분 그렇듯이 당신 이야기만 하신다. 남의 이야기는 듣지 않고 오로지 당신 이야기만 하신다. 언젠가는 군에서 받은 표창장 등을 가지고 오셔서 자랑했다. 그러니 당신을 대단한 사람으로 부추기면 불같이 내던 화도 쉬 사그라들고 아이처럼 좋아하신다.

며칠 전에 어르신이 나오지 않으셨다. 갑자기 추워진 날이었는데 어르신은 맨발에 고무신을 신고 있었단다. 집에서 센터도 아닌 방향으로 걸어 다니셨다. 집에서 출발한 시간을 보니 대략 두 시간째 방황하신 것이다. 출근하던 우리 직원이 알아보고 센터로 모셨다. 보호자에게 전화하니, 댁에서는 경찰에 신고하고 잔뜩 긴장해 계셨다.

댁에 전화하니, 보호자는 이혼하고 싶다고 한다. 부부가 심하게 다투고는 어르신 혼자 말없이 사라졌다고 한다. 한 시간이 넘도록 안 들어오니 경찰에 신고하고 기다리고 있었다고 한다. 파출소에서 집으로 경찰이 다녀가긴 했지만, 연락은 없었다. 치매를 앓고 계셔서 바짝 긴장했다. 날씨까지 추운데….

전화를 받고는 곧장 직원을 보내 모시고 들어왔다. 댁으로도 전화를 드렸다. 오늘 부인이 방문하셨다. 고맙다고 연거푸 말하셨고 나중에는 화해했다고 전하셨다. 그동안에는 대통령 출마한다고 큰소리를 질렀는데, 외출 사고 이후로는 대통령 출마는 접었다고 하신다. 어르신은 그러면서 "대통령 출마도 못 해 보고 죽을 뻔했다."고 부인한테 고백했단다. 그런데 언제 또다시 돌발 행동을 할지 모르는 상황이다. 치매가 그런 거다. 판단이 안 되는 질병이니까. 무서운 질병이다.

눈만 뜨면 신세계다

11월 28일 아침. 오늘 98세 되신 어르신이 센터에 들어서면서 "눈만 뜨면 신세계다."라고 말씀하신다. 하루하루가 열릴 때마다 새롭고 신비하다는 감정을 표현하신 걸까? 98세 되신 어르신에게 하루하루가 새롭다는 의미인지, 눈으로 바라볼 수 있는 세상이 얼마 남지 않은 아쉬움인지, 알 수는 없지만 어떤 심경을 나타낸 것만은 분명하다.

어르신은 항상 "감사합니다. 고맙습니다. 사랑합니다. 축복합니다."를 달고 사신다. 그리고 아침에 센터에 들어와 앉으시면 묵주를 굴리신다(천주교인이 아니어서 '굴린다'가 맞는 단어 선택인지 모르겠다).

어르신에게는 하루하루가 신세계다. 세상이 시끄럽게 난리가 나도 거기에는 관심이 없다. 어르신에게는 새로운 신세계의 연속이다. 그 마음 닮고 싶다. 시끄러운 것 모두 잊어버리고 나날이 새로운 우일신(又日新)을 기대한다. 지속적인 신세계에서 아름다운 삶이 펼쳐지기를 기대하지만, 항상 기도하는 삶이었던 어르신은 코로나19 팬데믹 기간에 소천하셨다.

원장님 이혼 좀 시켜주세요

아침부터 어르신의 아들딸 전화가 여러 통 걸려왔다. 다급한 목소리로 "우리 어머니 센터에 안 오셨나요." 어르신의 아들과 딸, 며느리의 목소리가 다급하다. "아니요, 안 오셨는데요. 왜 그러시는데요?" 새벽부터 부모님이 다투셨는데 갑자기 어머니가 사라졌다는 것이다. 우선 진정시켰다. "센터에 오시면 댁으로 전화 드릴게요. 아마 별일 없을 거예요."

전화를 내려놓고 5분 정도 지난 뒤 어르신이 들어오셨다. 가까운 거리니까 부담 없이 올 수 있는 거리기는 하지만 치매란 질병이 있으니 긴장하고 있었다. 혹시 사고 나지 않을까 하고. 간혹 어르신들이 집을 나가서는 집을 잊어버리고 대여섯 시간 방황하다 경찰에서 연락이 와서 모셔오는 경우가 있다.

그런데 어르신 댁에서 간밤에 무슨 일이 있었나 보다. 씩씩거리고 센터 엘리베이터에서 내리더니 대뜸 "원장님, 이혼 좀 시켜주세요." 하신다. "왜 그러시는데요?" 하니 어젯밤 사건을 말씀하신다. 정리하자면 이렇다. 영감님이 약주를 많이 드신 것이다.

"술을 자기가 마셨지, 술 마시면 왜 고래고래 소지를 질러? 동네 창피해 죽겠어요." 어젯밤 90 가까운 영감님이 약주를 좀 과하게 드셨나 보다. 그리고 평소와 달리 고함까지. "이제 못 살겠어요. 그러니 원장님, 이혼 좀 시켜주세요." 하신다. 아픈 어르신이 영감님조차 안 계시면 하루도 버틸 수 없을 텐데 안타깝다. 어느 쪽 편을 들 수 없는 상황이다.

영감님은 차마 볼 수 없다며 자식들이 요양원에 모신 마나님을 집으로 다시 모셔왔다. 자녀들은 절대 반대했다고 한다. 마나님을 모셔오자 자녀들은 "그럼 아버지 다시는 안 봅니다." 하고 떠났다. 그 자녀들과 관계가 좋지 않았다.

그런데 어쩌다 이렇게 마나님이 역정을 내실까? 뭐라 답을 해야 하는데 답이 궁했다. 그래서 "연세가 70 넘으면 국가에서 이혼을 안 시켜줘요." 했더니 "그래요." 하신다. 그리고 잠시 뒤에 조용해졌다. 이혼 상황은 모면했다. 이곳에 담을 수 없지만 어르신 가정을 생각하면 답답하다.

어르신의 영감님 가족 요양을 하신다. 영감님이 마나님을 돌본다. 가끔씩 센터를 방문해서는 힘들다며 우신다. 그러면 그렇지, 연세가 이제 90이신데. 영감님이 요양원 갈 때마다 마나님은 "못 있겠다."고 "데려가 달라."고 하셨단다. 영감님은 자식들의 반대에도 불구하고 마나님을 댁으로 모셨다. 그리고 90 연세에 요양보호사 자격도 취득했다. 자식들의 반대에도 마나님을 집으로 모셔왔으니 자식들에게 손을 벌리지 않겠다는 결심 때문이다.

마나님을 모셔 온 뒤로는 노령연금과 가족요양 수입으로 생활하셨다. 얼마나 힘이 들었던지 영감님은 울면서 "이제는 힘이 없어 저 사

람을 요양원에 보내야겠다. 힘들어 못 하겠어."를 반복해서 말씀하셨
다. 그러면서 한 달만 더, 한 달만 더 하시다 2023년 12월에 마나님
을 요양원으로 모셨다. 부부간의 애정이 대단한 노부부셨다.

우리가 일등

날씨가 이젠 완연한 봄이다. 코로나만 아니면 봄을 만끽할 수 있을 것 같은 안타까움이 앞서는 하루하루다. 오늘도 다름없이 어르신들을 태운 차량이 예정 시간에 맞춰 들어온다. 1차로 차량 3대가 도착하면 생활실이 시끌시끌하다. 어르신들은 매일 아침 오시지만 마치 처음 보는 듯한 모습이다. 그리고 한결같이 "우리가 일등이다." 하고 외치신다. 항상 일등이어야 하는 어르신들, 그게 삶이었다.

우리 사회는 일등만 살아남는다. 세상 풍파를 견뎌낸 어르신들 역시 일등으로 계셨다. 어르신들은 생활실에 이미 먼저 오신 어른들이 계시는데도, 당신이 1등으로 오셨다고 주장한다. 어르신들을 맞이하는 나로서는 모든 어르신에게 "어르신이 1등입니다." 외치며 어르신들 좋아하도록 배려할 수밖에 없다.

1등이라는 한마디가 오래 지속되지는 않는다. 하지만 잠시나마 어르신들을 기쁘게 한다. 역시 세상은 이런 1등이라는 기분의 연속에서 지탱한다. 우리 사회는 예로부터 1등만이 사회의 우두머리로 살아 존재할 수 있었기 때문이다. 오늘도 매 순간순간 1등이신 어르신들과 즐거운 하루를 시작한다.

코로나가 우리를 겁박합니다

코로나19 사태가 2년째 계속되고 있다. 어르신들을 돌보고 있는 나로서는 매일 매일이 긴장의 연속이다. 긴장하는 주제는 두 가지다. 하나는 어르신들의 감염 여부다. 주변에서 어디 어디 센터가 감염됐다는 언론 보도가 나오면 긴장한다. 점점 압박해 오는구나 하고.

직원들을 단속하고 어르신들의 보호자에게도 상황을 설명하면서 개인 방역, 가정 방역, 센터 방역, 사회 방역 등등 코로나19 이후에 등장한 신조어를 설명한다. 직원들이나 보호자들도 대체로 잘 따라주어서 다행이다. 상황의 엄중함을 서로 느끼며 자신의 건강이 가족의 건강함으로 센터의 동료나 어르신으로 연결되기 때문이다. 접촉이 확진으로 이어진다는 사례에 대한 보도를 통해서 잘 알고 있기 때문이다.

코로나19 팬데믹 기간에는 센터에 입소하시는 어르신들이 줄고 있다. 코로나의 위험으로부터 가능하면 피하려고 서울보다 사람 접촉이 덜한 고향으로 떠난다. 최근 고향에서 쉬다가 오겠다는 어르신들의 전화가 온다. 고향보다는 서울이 더욱 안전할 텐데 고향으로 가신다. 어떤 어른은 고향으로 가기를 거부하는 어르신도 계시다. 코로나를 대하는 방식은 가정마다 다른 것 같다. 이에 따라 어르신들의 처신도 달라진다. 아마도 백신 접종이 시작된 것과도 관련이 있는 듯하다. 방역 당국이 강조하는 개인 방역의 시작은 기초다.

마스크 사용하고 항상 손을 씻고 하는 것은 국민학교 시절부터 학교에서도 강조한 보건교육이다. 이처럼 개인위생이 강조되자 감기 등 대여섯 가지의 질병에 대한 약을 약국에서 찾는 사람이 확연히 줄었다고 한다. 국민학교 때 선생님들이 강조한 보건 생활이 그만큼 중요한 사실을 새삼 깨닫게 된다. 코로나가 일상생활에서 개인위생의 중요함을 강조하는 계기가 됐다. 코로나19 팬데믹은 전 국민을 대상으로 개인위생의 중요함을 실제적으로 교육한 현장이었다.

물론 많은 재정과 의료진의 헌신과 고단함, 그리고 공포라는 수업료를 지불했다. 슬프다. 이를 위해서 얼마나 많은 인명을 그리고 재정을 소비했는가? 역시 유비무환이 최고다.

사라진 어르신

요즘처럼 신문이나 라디오, TV 등 방송 매체 외에도 다양한 SNS 가 등장한 시대에는 세상을 접하는 기회도 다양하지만, 지구촌이 좁아진 것마냥 그곳에 가지 않고도 접할 수 있는 수단이 증가한 것이다. 또 현장에 있는 것처럼 대상에 밀접하게 다가갈 수도 있다. 심지어 숨소리까지도 느낄 수 있을 정도다. 그만큼 관심을 가지면 그 대상에 다가설 수 있는 수단이 다양하다.

어릴 때 TV를 보고 놀란 것은 저 작은 통 속에 사람이 들어갈 수 있을까? 하는 의문이었다. TV통 속에서 보여주는 세상은 내가 직접 가지 않고도 간 것보다 더 자세하게 집에서 볼 수 있으니 얼마나 편리한 수단인가? 그러나 미디어가 보여주는 만큼만 세상을 알 수 있다. 저편에 제작자의 그리고 미디어 회사의 제작 의도가 깔려있다는 사실이다.

항상 티브이 앞에서 저 프로그램의 의도는 무엇일까? 생각한다. 세상에 종합편성 채널이 등장하면서 더욱 노골화되었다. 그 의도에 따라서는 세상을 혼란에 빠트릴 수도 있다.

어제 센터에서는 아침부터 부산했다. 차량 2대를 30분 시차를 두고 두 번 운행했다. 첫차가 들어오고 두 번째 차가 들어올 시점에 요양보호사가 급하게 핸드폰을 울렸다. 남자 어르신이 센터로 올라오는 엘리베이터 타는 것을 거부하고 밖으로 나갔다는 것. 급히 5층에서 1층으로 내려갔더니 어느새 어르신 부인도 와 있었다. 센터에 안 나간다는 것을 설득해서 모시고 왔던 모양이다.

방향을 잡지 못하고 방황하는 어르신을 찾아 나섰다. 경험상 어르신은 오로지 한 방향으로만 간다. 어느 방향일까? 보통은 왔던 방향을 찾아 되돌아간다. 예상대로 어르신은 공항대로 넓은 도로를 건너 집이 있는 염창동 쪽으로 가고 있었다. 어르신을 설득해 부인이 있는 센터 앞 공원에 모시고 왔다. 부인이 얘기 좀 하자며 나를 공원으로 끌었다. 부인을 앞세우고 조그만 공원으로 들어가 긴 의자에 세 사람이 앉았다.

부인은 어르신에 대해서 설명하기 시작했다. 어르신은 스스로 억제할 수 없는 화를 갑자기 낸다고 한다. 원인은 알코올성치매다. 알코올성치매라는 사실은 어르신 본인도 알고 있다고 한다. 어르신에게는 안정이 중요하다. 주변 공원을 찾은 것은 화를 진정시키기 위한 것이다. 부인과 이런저런 대화를 나눴다.

남편은 착실한 직장인이었다. 집과 직장만 아는 다소 내성적인 성격이다. 성실한 남편 덕에 경제적으로 부족한 면이 없었다고 한다. 남편의 얼굴을 보면서 안타까워했다. 앞으로 3년을 기다릴 작정이라고 했다. 주변에서는 고생하지 말고 요양원이나 요양병원으로 보내라고 한다. 힘들지만 아직은 아니라고 생각한다면서 눈물을 내비쳤다. 시간이 갈수록 어르신의 치매 증세는 깊어져 가고 있음을 느낀다고 한다. 어르신은 목욕 후 벗은 모습을 다른 사람에게 보이는 것을 싫어한다. 특히 TV 앞에서 벗은 모습으로 서 있는 것을 두려워한다고 한다.

저 통에 사람들이 어떻게 들어갈 수 있을까? 그것을 공포로 여긴단다. 아마도 어르신이 폐쇄 공포증이 있는 것 같다. 거꾸로 저 사람들이 나의 벗은 모습을 훔쳐보지 않을까 하는 두려움에 공포를 느끼는 것은 아닐까? 그래서 옷을 갈아입을 때는 항상 TV의 소리를 줄인다고 한다. 윌리엄 포레는 "미디어가 보여주는 만큼 세상을 안다."고 했다. 이 병은 미디어가 나를 감시하는 수단으로 인식하고 있다는 사실이다. 이 병이 극복될 그날을 고대한다.

목동중앙데이케어센터 한결같이

나로서는 오늘 즐거운 날이다. '목동중앙데이케어센터'를 개업하고 3년이 되는 날이다. 공사 기간을 합하면 3년 3개월이다. 만감이 교차한다. 3년 전 오늘(2015년 12월 4일) 서을 양천구청으로부터 '노인복지시설 설치신고 필증'과 '지정서'를 받았다. 필증을 받자마자 양천세무서로 달려가서 '고유번호증'을 받았다. 그때 시각이 2015년 12월 4일 오후 5시 30분쯤이다. 이날은 금요일이어서 월요일인 12월 7일을 업무개시일로 잡았다. 이제 새로운 4년을 시작한다.

'목동중앙데이케어센터'를 시작하기 전 언론인으로서 30년 가까운 세월을 보냈다. 포항제철에서 시작한 직장생활 34년 만에 시작한 개인사업이다. 내가 노인복지 사업을 하는 것에 대해 찬반이 엇갈렸다.

고려대학교 인문정보대학원에서 사회복지를 함께 공부를 동료조차도 우려 섞인 반응이었다. 그는 사회복지에 평생을 헌신한 장로님이었다. 대전 정부3청사 어린이집을 시작부터 20년 넘게 운영했던 대전지역에서는 입지전적인 감리교 장로님이었다. 나이는 비슷했지만 내가 존경했던 사회복지계의 선배였다. 대전에서 조치원까지 대학원을 다닐 때 갈 때는 열차를 타고 가지만 귀가할 때는 장로님이 집 앞까지 태워줬다. 늘 감사드리는 장로님이었다.

장로님의 충고를 경청했다. "권 장로가 놀라운 것은 언론인 출신이면서 사회복지계에 발을 들여놓는다는 점이다. 그래서 권 장로가 존경스럽다. 그러나 사회복지계의 운영자가 되면 자신의 자존심을 수면 이하 아니 바다 밑까지 내려놔야 하는 경우가 흔한데 그것이 가능할까에 대한 의구심이 많이 든다. 특히 갑질도 대단하다. 내가 갖고 있는 언론인에 대한 정서는 '권위적이고 비타협적이고 상황판단이 부족한데도 자신이 바르다고 고집스럽다'는 것이다. 이런 생각으로는 사회복지계에 적응하기가 매우 어렵다. 그래서 우려한 것이다."라고 설명하셨다.

나는 장로님의 충고를 지금까지 벗어난 적이 없다. 주변의 이런 우려와 걱정 속에 시작한 사업은 걱정한 것보다는 순조롭게 잘 진행됐고 운영도 비교적 큰일이 발생하지 않고 자리를 잡아갔다. 장로님의 가장 큰 우려는, 보호자들의 갑질에 대해 내가 언론인 출신으로서 강하게만 대응하진 않을까 하는 것이었다. 하지만 상대의 이야기를 들어주고 순응하는 자세로 대하면 크게 문제에서 벗어나지 않을 것이라는 고언이 나에게는 많은 도움이 되었다. 보호자나 이용 어르신들은 내가 언론인 출신이라는 사실을 대부분 모른다. 제기된 문제는 가능한 범위 내에서는 센터 내에서 해결해 나간다.

센터가 자리를 잡아갈 때, 장로님의 전화가 왔다. 우려했던 갑질에 대한 대응, 어르신 유치 현황 등에 대해서 자세히 물으셨다. 나는 성실하게 답해드렸다. 그러자 되려 "내가 도움은 안 되고 너무 걱정만 했다"고 말씀하셨다. 나는 장로님의 우려 섞인 말씀이 지금까지 진행하는데 나침판이 되었다고 감사드린다며 너무 걱정하지 마시라고 했다.

이 같은 주변의 걱정 속에 9개월 만에 정원 47명을 채웠다. 직원은 18명이다. 여기에 이르기까지 짧은 기간이지만 지난 과거를 생각하면 만감이 교차한다. 가장 힘든 일은 이용 어르신을 모으는 일이었다. 시설을 갖추고 간판을 달면 채워진다고 생각하지는 않았지만 너무 한심했다. 센터를 시작하기 전 서울 강서와 양천지역 데이케어센터를 방문해서 설명을 들었다. 자연스럽게 질문에 답해 주지는 않았다. 어머니를 내세워 입소 상담을 핑계로 나의 궁금증을 해결했다.

상담 결과, 어르신들을 모으는데 가장 주효한 방법은 현수막을 거치하는 것이었다. 센터 문을 열고 1주일이 지난 뒤 현수막 150장, 족자 180장 등 330장을 제작했다. 그리고 일주일에 10장씩 공항대로 등 강서 양천지역에 거치했다. 그리고 문어발 2만 매, 전단지 30만 장을 강서 양천지역에서 가장 많이 배포되는 주요 일간지에 삽지했다. 그런데 전화 몇 통으로 끝났다. 일주일쯤 지난 뒤부터 전화가 오고 상담자 방문도 늘었다.

상담이 늘면서 내담자들이 무엇을 보고 오는지가 궁금했다. 그래서 내담자가 방문할 때마다 "무엇을 보고 오셨나요?" 하고 물었다. 답변은 대부분 '현수막'이었다. 그리고 강서구청이 발간하는 구정신문인 '까치뉴스'였다. 그래서 양천구청이 발간하는 구정신문인 '양천신문'에도 게재했다. 구정신문 하단에 한 번 게재하는데 130만 원 정도 들었다. 강서구청의 까치뉴스 게재는 반응이 좋았다. 신문에 게

시한 광고를 몇 개월이 지나서 스크랩해 들고 오는 어르신도 계셨다. 양천신문의 반응은 전혀 없었다. 배포하는 방법에 차이가 있었다. 까치뉴스는 통반장님들이 신문을 들고 가가호호 방문해 배포하지만, 양천구청은 아파트 앞에 쌓아놓고 만다. 볼 사람만 보는 것이다.

그 당시 우리 집은 목동아파트 10단지였다. 나는 대로변에는 현수막을 붙이고, 골목에는 족자를, 전봇대에는 문어발을 붙였다. 현수막과 족자는 1주일에 한 번씩 붙였지만, 문어발은 거의 매일 전봇대에 붙였다. 하루 15시간씩 3개월 동안 붙였다.

반응은 두 군데에서 왔다. 내담자가 많이 늘었다. 매주 월요일에는 서너 명씩 상담자들이 방문했다. 1개월에 적게는 4, 5명, 많게는 10여 명이 입소했다. 2016년 9월에는 정원 47명이 채워졌다. 다른 한 곳은 양천구청과 강서구청이었다. 과태료 고지서가 각각 300만 원 가까이 나왔다. 경고도 없이 날아온 고지서를 받아 들고는 아찔했다. 양 구청 합계 600만 원이다. 나는 사실 과태료 대상이라고는 생각하지 않았다. 정치하는 사람들은 채알(차일: 볕을 가리기 위하여 치는 포, 충청지역 방언)을 쳐놓듯이 현수막을 걸어도 과태료를 부과하지 않는 것으로 안다. 아, 나는 언론인도 아니고 서민이라 그들과는 다른 대상이었다. 과태료 고지서를 들고 고민을 했다. 소위 '작업'을 해 볼까? 아는 연줄을 대려고 했지만, 그러지 않기로 했다. '현수막과 문어발 작업으로 어르신들이 채워졌으니 그 대가를 감수하자.' 그리 생각했다. 그 뒤에 구청에서 마련한 공공게시대가 있다는 사실도 알았다. 공공게시대는 구석에 있는 데다 인터넷으로 선착순 접수여서 당첨되기가 매우 어려웠다. 특히 게시하고 싶은 공공게시대에 당첨되는 데는 하늘의 별을 따기보다도 어려웠다. 요즘은 되는대로 게시대에 현수막을 붙인다.

나는 아침에 잠자리에서 일어나면 감사기도를 드린다. '지난날을 묻어두고 새날을 허락하셔서 감사합니다. 그리고 모든 일이 감사합니다. 그 세세한 감사의 내용을 나열할 수 없지만 의식하지 않고 숨을 쉬듯이 간섭하시는 주님의 은혜를 감사드립니다.' 조용히 생각해 보면, 내가 한 것 같지만 계획에 이르도록 인도하신 이는 주님이다. 그리고 이루도록 간섭해 주신이도 주님이다. 훌륭한 직원을 붙여주셨고 그 일에는 아내가 많은 역할을 했다. 이처럼 모든 과정 과정을 계획하고 이끌어 주시고 이끌어 갈 수 있는 지혜를 허락하신 이는 주님이다. 주님은 결국 3년 동안 한결같이 계획하시고 이끄시고 성업으로 채워주셨다. 나는 단지 그 길 노상에 있었을 뿐이다. 자연스럽게 나오는 고백이다.

"주님의 은혜는 찬란하고 영원하다!"

하늘을 우러러 외치는 나의 고백이다.

치매 교육은 어릴 적부터

84세 남자 어르신이 오전 7시 30분 엘리베이터에서 내려 센터에 들어왔다. 센터 주변을 배회하시는 어르신을 출근하는 직원들이 발견하여 센터로 모셔왔다. 나는 깜짝 놀랐다. 우리 센터를 이용한 3년여 동안 이런 적이 한 번도 없었다. 어르신 댁에서 전화도 오지 않았다. 어르신 댁에 전화해서 어르신 센터에 계시다고 알렸다. 댁에서는 당연하다는 듯한 반응이었다. 보호자는 어르신의 부인으로 연세도 많고 건강도 그렇게 좋은 것은 아니었다. 하지만 어르신의 치매 상태에 대해서는 우리만큼 심각성을 가지지 못한 것 같아서 안타까웠다. 직원을 시켜서 보호자에게 심각함을 계속 설명하도록 했다. 보호자들은 대부분 심각성을 잘 인식하지 못한다. 낮 동안 센터에 계시기 때문이다. 보호자들에게 어르신에 대해서 자주 설명하는 이유다.

어르신은 해병대에서 대령으로 정년퇴직했다. 어르신은 군 생활에 대해서 너무 자주 설명했고 결국 여자 어르신들로부터 핀잔을 듣기도 했다. 하지만 자부심은 대단했다. 우리 센터에 있는 남자 직원들 대부분을 자기 부하라고 인식한다. 직원들은 어르신이 센터에 잘 적응할 수 있도록 돕기 위해서 역할극에 협조했다. 어르신의 주장이 강해질 때는 그 후배들이 나선다. 어르신은 가끔 일장 연설도 한다. 최근에는 대통령 선거에 출마하겠다고 말씀하시더니, 돌연 출마를 취소한다고 했다. 왜 그러시냐고 했더니 "집사람이 반대해서. 그렇지만 언젠가는 출마하겠다." 말씀하신다.

치매는 가족들을 긴장시킨다. 갑자기 당하는 것 같지만 그렇지는 않다. 연구자들은 예쁜 치매, 착한 치매 분류하지만, 일반인이 구분하기는 어렵다. 치매는 치매일 뿐이다. 치매는 가족 중에 당한 사람이 있어야만 관심을 가진다. 우리 센터가 현재 위치에서 10년 가까이 있었는데, 센터 주변에 사는 어르신들이 여기에 있는 줄 몰랐다면서 오는 경우가 있다. 치매 어르신 가정은 다양하게 반응한다. 우선은 당황스러워한다. "왜 우리 집에…" 하고.

치매는 치료해서 나을 수 있는 질병은 아니다. 아직 치료 약이 개발되지 않았기 때문이다. 그 상태로 계속 더 나빠지지 않도록 유지해야 하는 질병이다. 다시 말하면 관리해야 하는 질병이다. 갑작스런 증상을 진정시키는 안정제를 주로 투약한다.

치매는 한 가지 질병으로 인한 것이 아니라, 여러 가지 질환들이 복합적으로 작용하여 일어나는 증상이라고 한다. 그래서 신드롬(Syndrome), 즉 증후군이란 표현을 사용하기도 한다. 대표적인 치매는 알츠하이머형 치매로서 전체 치매 환자의 50%를 차지한다. 다음은 혈관성 치매로 30%를 차지한다(하지만 혈관성 치매는 줄어들고 있다고 한다. 우리 센터에서는 수혈로 인한 혈관성 치매 어른이 계셨다). 나머지 20%는 50여 가지가 넘는 유형의 치매다. 그만큼 치매 질환의 유형은 다양하다.

치매 증상의 유형 역시 다양하다. 배회, 망상, 작화, 공격적인 언행, 불안, 초조, 피해의식 등 증상의 유형은 100여 가지로 나타난다. 요양원이나 데이케어센터, 방문 요양 등 장기요양기관을 운영하다 보면 다양한 유형의 치매 증상을 경험한다. 치매 어르신들을 돌보다 보면 착한 치매와 나쁜 치매로 구분하기도 한다. 치매 인구는 100만 명이 넘을 정도로 일반화되었다고 한다.

데이케어센터를 운영하면서 어릴 때부터 치매 교육을 해야 한다고 생각한다. 또한 치매를 예방하기 위해 치매에 대한 이해와 건강 유지, 치매에 걸렸을 때 대비책 등이다. 치매에 걸리는 때부터 기억력은 서서히 약해진다. 대부분 나이 들어서 건망증이 심해졌다고 생각하기도 하고 노력하면 나아질 수 있다는 생각도 한다. 자녀들은 우리 부모님은 아닐 것이라는 다소 안이한 자세를 가진 것을 볼 수 있다.

우리 센터를 이용하는 어르신 중에는 농어촌 출신도 많다. 농어촌에서 부부가 농사를 지으시다가 갑자기 영감님이 돌아가셔서 그 충격으로 치매를 앓고 있다. 보호자인 자녀들에 따르면 부친이 사망 후 어머니한테 갑자기 치매가 왔다고 한다. 부인이 돌아가신 그 충격으로 치매가 온 남자 어른의 경우는 경험하지 못했다. 보호자들은 어머니의 치매로 인해서 고향 경찰서로부터 몇 차례 소환을 당했다고 한다. 부모님에게 이런 일이 있을 줄은 전혀 예상치 못했다고 한다. 치매는 예고하고 오지 않는다. 치매는 충격의 틈새를 찾아 순간적으로 다가온다. 이런 충격을 사전에 방지하기 위한 대안은 '치매에 대한 예비 지식'을 갖추는 것이다.

무더위와 어르신들

　무더운 여름이면 어르신들의 출석률이 높아진다. 반대로 추운 겨울에는 출석률이 떨어진다. 어르신들은 날씨에 민감하지만 출석률 또한 센터 운영에 있어서 매우 민감하다. 2년 넘게 센터를 운영하면서 얻은 교훈이다. 그래서 계절마다, 분기마다 출석률이 어떻게 달라지는 지는지를 구체적으로 분석한다. 어르신들의 연세가 높다 보니 일반인들보다 적용해야 할 조건들도 민감하다. 또한 다양한 상황에 대해서도 민감하다.

　센터를 갖추기 위해서는 개인이 자금을 조달해야 한다. 설립 초창기 자금은 자기자본과 일부는 차입도 해야 한다. 그래서 어르신들의 출석률에 대해서 민감할 수밖에 없다. 어르신들이 출석한 만큼 수가가 책정되기 때문이다.

　덥고 추운 변수에도 불구하고 한결같이 운영할 수 있는 대비책을 마련해야 한다. 어르신들의 프로그램에 대한 호불호를 파악해야 한다. 또한 식사와 환경 조성도 중요하다. 특히 식사는 직접 차려서 드리는 것이 바람직하다는 생각이다. 그리고 어르신들의 특성을 민감하게 파악해야 한다. 어르신들의 말투 속에 뼈가 있다.

　하루는 어르신들이 송영차를 타고 막 들어오셨다. 그때 한 어르신

생활실로 들어서면서 "죽어서 가는 그곳도 이렇게 시원할라나." 하신다. 밖이 덥다는 비유치고는 가슴이 아리고 아프다. 삶에 대한 사랑은 세월을 녹이고도 남는다. 농어촌 지역에서 생활하다 오신 어른들이 계시다. 치매 걸리기 전의 기억은 대부분 살아있지만 치매 이후의 기억은 없다. 육신은 쇠하여 가고 고집스러워지고 자신에 대한 집착도 강하게 나타난다. 오직 자신만 있을 뿐이다. 그만큼 치매가 무섭다.

우리 센터 실내는 겨울에는 바닥에 보일러를 설치해서 따뜻하게 하고 여름에는 천정에어컨 4대를 가동한다. 어르신들의 체력은 기온에 매우 민감하다. 어떤 어르신은 덥다고 한다. 일부에서는 춥다고 한다. 치매 어르신의 경우 파킨슨병도 함께 온다. 날씨 분간이 어렵다. 한여름인데 집에서 가져다 놓은 겨울옷을 입고서는 나선다. 한여름 밖의 사정을 아무리 설명해도 막무가내다. 밖의 사정을 알 수 없는 어르신들은 계속해서 고집을 부린다. 사정하고 달래고, 아무리 설명해도 소용이 없다. 치매라는 질병이 무섭다.

아무리 더워도 겨울옷 서너 벌을 차려입고 나오는 어르신도 계시다. 보호자들도 지쳐서 이제는 포기한 상태다. 우리는 보호자와는 다르다. 잘 설득하고 때로는 거짓으로 상황을 설정하고 어르신의 부담을 덜어드린다. 보호자들은 이런 어르신들에 대해서 우리에게 하소연하기도 한다. 우리는 이런 보호자들의 고충을 해결하기 위해 3개월에 한 차례씩 보호자 모임을 개최한다. 참석자는 많지 않다. 한 명도 참석하지 않는 경우도 많다. 하지만 상담을 통해서 수시로 대응한다.

삶의 향기

연세 많은 어르신들과 생활하다 보면 의외의 감격스러운 일들로 기쁠 때도 있고 안타까울 때도 있다. 어르신들의 행동을 통해서 그 마음을 읽을 수 있기 때문이다.

어르신들은 병원에 가려면 반드시 아들, 딸 등 보호자들과 동행한다. 어떤 날은 7~8명의 어르신이 약속이나 한 듯 병원에 가시는 날이 있다. 8, 90대 어르신들이라 어쩔 수 없는 일이다. 보호자들은 진료를 마치고 집으로 가자 하지만 어르신들 대부분은 센터로 오시려 한다.

어르신들이 아들, 딸의 권유를 무시하고 고집을 부려 센터로 오시는 이유를 생각해 본다. 센터가 함께 이야기를 나누는 사랑방 역할을 한다.

'집에 홀로 계시는 것이 얼마나 답답했으면 고집을 부려 오셨을까.' 생각한다. 우리는 고독사를 자주 언론지상에서 경험한다. 보름이고 한 달이고 소식이 끊겨 발견되는 숨진 어르신들의 모습 또는 홀로 사는 사람들의 모습…. 일본이나 선진국에서만 있는 줄로 알았다. 우리 주변에서도 발생한다. 정부는 대응책으로 복지 네트워크를 갖춘다고 강조하지만 허술하기만 하다.

모두가 나서야 한다. 누구의 잘못으로 지적할 일도 아니다. 공동체 생활에서 자신의 주변을 살펴야 자신도 누군가로부터 보살핌을 받을 수 있다는 사실을 깨달아야 한다. 쉬운 일은 아니지만 이웃사랑은 결국 자신을 사랑하는 일이다. 어르신들을 보면서 그 고독사의 엄청난 공포를 읽게 된다. 센터에 오시든 아니든 우리 모두 깊이 있게 관심을 가져야 할 일이다.

　우리 센터에서는 다양한 프로그램을 통해 어르신들의 과거를 회상해 내려고 한다. 과거를 통해서 현재를 주시할 수 있도록 하려는 프로그램들이다. 이런 생각을 담아 우리 센터의 사업 이념은 '어르신들의 삶의 향기를 디자인하는 목동중앙데이케어센터'이다. 어르신들의 삶의 향기가 새롭게 형성되어서 빛을 발하기를 기대한다.

침묵, 무섭다

충남 서천 출신 73세 어르신이 계셨다. 내 고향은 바로 옆인 부여
군 옥산면이다. 5일장인 판교장은 우시장으로 유명하다. 우리 동네
에서 가려면 50리 길을 걸어가야 한다. 판교는 장항선 기차가 서는
곳이어서 고속도로가 없던 시절 부여 방면으로 가려면 판교역에서
내려야 한다. 판교에서 용산역까지 비둘기호를 타고 13시간 걸려서
왔던 기억이 생생하다.

어르신은 고향 바로 옆 동네여서 반가웠다. 가끔은 함께 고향 이야
기를 나누기도 했다. 어르신은 다혈질이다. 자주 흥분하고 스스로 억
제할 수 없는 분이다. 흥분하면 그때마다 큰 목소리로 다른 어르신
들, 특히 할머니들을 향해서 욕설을 내뱉었다. 입에 담을 수 없는 상
상할 수 없는 욕설이다. 직원들은 처음 듣는 욕설을 들을 때마다 어
쩔 줄을 몰라 했다.

어르신을 아무리 설득해도 평화는 잠시뿐이다. 자신의 키만 한 지팡
이를 항상 들고 다녀서 더욱 공포를 조성했다. '과연 단체생활을 하실
수 있을까?' 하는 생각이 앞섰다. 부인을 생각해서라도 이러시면 안
된다고 설득하지만 막무가내다. 부인은 센터 앞 반찬가게에서 일했다.
부인도 어른의 성격에 대해서 알고 있었다. 하지만 신신부탁했다.

어느 날은 참다못해 어르신의 부인에게 종결하겠다고 전했다. "저희는 도저히 어르신을 감당할 수 없습니다." 부인은 나를 잡고 사정했다. 이런 사정을 알 리 없는 어른이 더욱 안타깝고 슬프다. 오늘도 첫차로 센터에 들어오신 어르신들 첫마디가 그 남자 어르신 이야기였다. 내가 고민할 때는 전혀 반응하지 않던 어르신들이다. 오늘 아침 어르신들, 그 남자 어르신이 보이지 않자 '원장님의 현명한 선택'이라며 칭찬이 자자하다. 나는 오늘 아침 어르신들을 맞이하면서 어르신들이 '무섭다'는 생각이 들었다. 남자 어르신이 난리를 칠 때는 왜 반응이 없었을까 궁금했다. 말하지 않는 다수의 반응을 읽어내는 지혜가 필요하다. 그래서 침묵이 무섭다. 오늘 아침 새삼 느꼈다.

이번 일을 통해서 어르신들과의 공감대 형성이 중요하다고 생각했다. 말하지 않는 어르신들의 폐부를 잘 아우르기는 어렵지만, 그 어려운 일을 가능하게 만드는 노력이 필요하다. 섣부르면 위험의 웅덩이에서 헤어나지 못할 수도 있다. 어르신들은 남자 어르신이 그렇게 난리를 쳐도 조용했었다. 종결시키니 그제야 반응을 보이셨다. 그것도 치매 증상일까? 식사하시고도 밥을 달라고 하는 어르신들인데, 안타깝다. 치매는 역시 무섭다.

문제는 인지다

화장실에 있는 하얀 변기가 신기할 때가 있었다. 국민학교를 졸업하고 중학교에 진학했을 때다. 그 당시 농촌은 대부분 푸세식 변소를 이용했다. 중학교는 조선시대 현감이 정사를 보던 현청이 있던 부여 홍산면 소재지에 있다. 보통 읍내라고 부르는 읍내에 있었다. 5일 장인 홍산장은 부여군, 서천군, 보령시(당시 보령군) 등 지역에서 가장 사람이 모이는 곳이다. 집(부여군 옥산면 홍연리)에서 2시간을 걸어가야 한다.

전기도 안 들어오던 우리 동네에서 홍산면 소재지는 도회지였다. 왕복 4시간, 거리는 60리다. 어느덧 70세인 친구들이 모이면 "우리는 어릴 적 많이 걸어서 건강하게 오래 살 거야."라고 이야기한다. 하지만 친구들 중에는 벌써 하늘나라로 간 친구들도 있다.

중학교는 농업고등학교의 병설로 일제 강점기에 세워졌다. 그래서 아버지와 우리 3형제는 같은 중학교를 졸업한 동창이다. 중학교는 지역에서 가장 큰 건물이다. 중학교에 진학하고 보니 신기한 것들이 많았다. 그중 눈에 띄는 것은 화장실 변기였다. 처음에는 이용할 줄을 몰라서 어쩔 줄을 몰랐다. 급하면 변기에 손을 씻는 아이도 있었다.

센터에 한 어르신이 장애인 화장실에 들어가셔서는 나올 줄을 모른다. 안에서 무엇을 하는지 조용했다. 한참 뒤에 문이 열렸다. 어르신 손에는 좀 전에 변실금한 팬티를 들고 있었다. 팬티를 변기에서 세탁한 것이다. 어르신들은 자신의 부족한 부분을 드러내지 않는다. 자존심을 무너트린다고 생각한다. 벨을 눌러서 직원들을 부르면 깨끗하게 처리해 드리는데, 혼자 어쩔 줄을 몰라 하신다. 그리고 댁으로 가시겠다고 고집을 부린다. 이런 경우에는 군중심리를 자극한다. "어르신! 여기 앉아계신 어르신들 다 그래요." 하면 어르신 긴장했던 얼굴이 펴지면서 생활실로 들어가신다. 자신의 추한 모습을 남에게 드러내지 않으려는 80대 어르신들의 정서가 깔려있다. 어른들은 타인에 의지하기보다는 스스로 해결하려는 본능이 있다. 잘하고 못하고는 생각하지 않는다. 남에게 피해만 주지 않으면 된다고 생각하는 듯하다. 하지만 치매가 깊어지면 달라진다. 어르신에 따라서 소변은 2~3시간, 대변은 4~5시간 간격으로 직원들이 화장실로 모신다. 어르신들의 그 반응 정도는 치매 정도에 따라 달라진다.

변기는 알든 모르든 이용자의 사용 목적에 충실하다. 방해하는 것은 고정관념이다. 변기에 손을 씻을 수도 있고 세탁도 할 수 있다. 용도를 잘 몰랐거나 인지의 문제다. 그것이 깊어지면 병이 된다. 우리는 자존심이란 병과 또 치매란 병과 싸우고 있다. 이제 치매를 치료할 수 있는 치료 약이 나올 때가 되지 않았을까?

메르스

메르스로 대한민국 사회가 맥을 못 추고 있다. 사스가 왔을 때는 김치의 위력을 논하더니 그런 자만도 사라졌다. 그렇다고 겸손해진 것은 더욱 아니다. 대신 기가 죽은 것이다.

사스 때는 그래도 경기가 일정 부분 지지해 준 부분도 있었다. 지금보다 나으면 나았지 덜 하지는 않았다. 사회적 분위기를 파악하고 정부가 움직여야 하는데 그렇지도 않다. 내가 보기에는 전시효과만 노린다. 무엇인가 보여주기에만 급급하다. 세상이 겉돌고 있다고 생각할 수밖에 없다.

행정부 각료들은 청와대만 바라본다. 청와대가 움직이지 않으면 역시 정중정(靜中靜)이다. 학습효과일까? 정부 초, '옛 정부 시절의 각료 자제들이 대거 입각하면서 70년대로 회귀하지 않을까' 우려했다. 당시 그들은 복지부동 아니 청와대 명령을 받아서 수행하는 주사급 장관들이었다. 지금 장관들 모습을 보면 그 전형을 바라보는 듯하다. 벗어나야 한다.

70년대보다 경제 규모도 커지고, 국민 의식도 변했다. 그래서 국민 의식이 정부를 리드하고 있다. 이 상황에서 70년대 군림한 권부도 불안하고 국민은 곤궁해질 수밖에 없다. 현실을 직시하고 능동적으로 대처할 수 있는 권한 위임과 역할이 중요하다.(2015년 6월 8일)

왜 아무도 없어

데이케어센터는 토요일마다 어르신 출석률이 절반 정도로 줄어든다. 각 가정의 사정도 있지만, 휴일인 만큼 보호자들이 어르신과 함께하거나 병원에 가시는 어르신들이 많기 때문이다. 그래서 처음 출석한 어르신들은 "왜 아무도 없어?" 하신다. 사람이 적으면 불안하신가 보다. 어르신들이 지금 오고 계시다 하고 말씀을 드려도 같은 질문을 계속한다. 치매는 어르신들에게 불안을 조성하거나 자극한다. 치매는 치료하기보다는 관리한다고 한다. 우리는 치매 어르신들을 돌보고 있지만 치매는 관리하고 있다.

토요일은 보호자들의 필요로 연다. 토요일 근무하는 직원들에게는 150%의 수당을 지급한다. 공단이 우리에게 토요일 지급하는 장기요양급여는 가산이 없다. 공단은 센터를 열지 말라고는 않는다. 센터운영자의 재량 사항이다. 휴일에 센터를 열지 않으면 다른 센터로 옮기겠다는 보호자도 있다. 주일에 이용하겠다는 보호자도 있었다. 하지만 직원들의 의견을 무시할 수 없어서 할 수 없다고 했더니, 주일에도 문을 여는 센터로 곧바로 떠났다.

날씨는 점점 여름으로 간다. 낮에는 땀이 흐를 때가 많다. 그만큼 봄이 작아진 기분이다. 여름과 겨울은 길어지고 봄과 가을은 점점 짧

아지는 것 같다. 나도 점점 그 시간을 느낀다. 나이 들어가는 것을 느낀다. 마음은 20대인데 신체는 70이다. 어른들이 하던 이야기를 나도 하고 있다. 언젠가는 나도 "왜 아무도 없어…" 하지 않을지, 걱정 아닌 걱정을 한다.

싫은 것

어릴 적 이발소에 가면 오래된 액자에 들어있는 시가 있었다. 나중에 알았지만 푸시킨의 시다.

삶이 그대를 속일지라도
슬퍼하거나 노하지 말라!
우울한 날들을 견디면,
믿으라. 기쁨의 날이 오리니

마음은 미래에 사는 것
현재는 슬픈 것
모든 것은 순간적인 것, 지나가는 것이니
그리고 지나가는 것은 훗날 소중하게 되리니

그때는 가슴에 저미도록 희망적이라는 생각을 했다. 그런데 나는 이 시가 싫다. 지금 와서 읽어보면, 내 삶은 터진 만두들로 범벅된 만 둣국처럼 보인다. 그래도 그 훗날 소중하게 보일 것 같은 삶인가?
언론인으로서 30년 가까이 살았고, 그 와중에 박사학위를 취득했고, 어떤 희망을 간직하고 3개의 석사학위를 품었다. 석사학위 중 사회복지를 펼쳐 들었지만, 벌써 지치는 것 같다. 그런데 푸시킨은 시에서 소중한 것이라고 노래한다. 나는 그 소중함보다는 갈등의 연속이다.

70에 가까운 나이인데도 갈등의 연속인데, 이것을 젊음의 속성으로 간주할 수는 없지 않을까? 그저 지나가는 것이겠지만, 호불호까지는 아닌 것 같다. 나는 하루하루를 이기며 산다. 그렇게 하려고 노력하며 산다. 과거 어느 때부터인가 시작된 갈등을 돌고 돌아 해결을 위해 성취했다. 성취하고 보니 아무것도 아닌 것 같다. 그러면서도 또 다른 갈등을 이겨낼 수 있을지 모르겠다. 그래서 미래의 보이지도 않는 것에 대한 미련을 담은 푸시킨의 시가 나는 싫다.

정리하라

며칠 전 대학교에서 총장을 역임하신 지인이 옆집 사정을 글로 정리해서 보내셨다. 모 대학 학장을 지낸 분이 같은 아파트 같은 동 옆집에 살았다.

지인은 같은 교회를 다녔고 얼마 전 부인이 사망했다. 근처에 사는 사위가 주일마다 자동차로 교회로 모셨다. 그런데 그 사위마저 무슨 일인지 사망했다. 주변에 하나, 둘 사람들이 떠났다. 어느 날 그분의 사진과 책, 책장 등이 아파트 앞에 쌓였다.

그분도 돌아가셨다. 그분과 같은 교회를 다니고 있어서 사망 소식을 곧바로 들었다. 사망 소식을 들은 뒤부터 거주지인 아파트 앞에서 그분의 사진까지 굴러다니는 상황이 안타깝다는 사연이었다. 총장님도 사모님이 소천한 후 기력이 많이 쇠해졌다. 주변에서 일어나는 일들에 대해서 민감해질 수밖에 없는 상황이다. 총장님도 이제 주변 정리를 하신단다. 그동안 모았던 책도 가구들도 자신이 떠난 후로 그 가치를 알 수 없다. 주인을 다시 잘 만나면 모르겠지만….

총장님의 메시지를 받은 후 나도 이제 정리하려고 한다. 1년 전쯤 1톤 트럭 한가득 책을 처분했다. 그래도 8개의 책장이 남아있다. 이제 1개만 남겨두고 버리려고 한다. 책장은 시흥에 있는 목재상에 가서 두께 30mm 송판을 사다 직접 조립한 것이다. 그만큼 튼튼하게 조립했다. 책장 몇 개는 해체해서 CBS은퇴 후 설립한 목동중앙데이케어센터 수면실 탁자를 조립했다. 그리고 남은 널판자는 베란다에 세워져 있다. 8개 중 7개의 책장을 해체하면 또 널판자가 생긴다.

이제는 버려야 할 곳을 찾아야 한다. 버리는 것도 정보와 지혜가 필요하다. 책도 버리는 것을 염두에 두고 모아야 한다. 책을 모으는 것보다는 인터넷상에서 책을 처리하는 새로운 방법이 필요하다고 생각한다.

하지만 나는 책을 손으로 만져야 만족하는 구습을 가진 것 같다. 구습은 만지고, 보이고, 맛을 느끼고 해야 만족하는 스타일이다. 이제는 컴퓨터 공간에서 정보를 확인하는 시대, 그 환경을 순수하게 받아들여 동화시켜 나가야 한다. 쉬 접근할 수 없는 새 시대, 새 방법에 나도 시나브로 순응해야 한다고 생각한다.

기억에서 사라지는 두려움

아이는 배가 고프면 운다. 엄마에게 아니면 어른들에게 고픈 배를 채워달라는 강청(强請)이다. 아이는 자신에게 관심을 가져달라는 요구다. 그래서 자신의 주변에 누군가가 항시 있기를 원하는 것이다. 그래야 배를 채울 수 있기 때문이다. 혼자 있는 것이 두렵기 때문이다.

사람은 성인으로 성장해 살아가면서 호불호에 대해 민감하다. 나이가 들면 주변에서 하나둘 떠나는 사람들을 경험하게 된다. 결국에는 자연적으로 혼자만 남는다. 중학교 3학년 때 담임 선생님은 2010년 사은회 장소에서 이런 말씀을 하셨다. "내가 살아보니 주변에서 가족도, 친구도, 하나둘 떠나더라. 결국에는 나만 남게 된다. 외롭다. 이런 외로움을 삭힐 수 있는 대책을 젊은 시절부터 준비해야 한다. 그러니 여러분들도 혼자서 즐길 수 있는 취미를 마련하라."고 하셨다.

나중에 스승의 날에 대전 유성호텔에서 중학교 때 선생님 5분을 모시고 식사를 모셨다. 사은회장에서 선생님께서 하신 말씀이 친구들에게 많은 의미로 다가왔다. 그래서 선생님께 여쭸다. "선생님은 시간을 어떻게 보내시나요." 선생님은 "나는 유성에 100평 정도 비닐하우스를 짓고 난을 키우고 석부작도 만든다. 그리고 난과 대화도 한다."고 하셨다.

선생님의 결론은 혼자 있는 것이 두려우면 즐길 것을 찾아라. 기억에서 사라지지 않도록 미리 준비하는 것이 중요하다. 기억에서 사라지면 다양한 부작용이 발생한다. 그러므로 혼자 있어도 보람차게 생활할 수 있도록 준비해야 한다.

나는 아이들에게 결혼하면서 노후를 준비하라고 했다. 결혼에 취하면 먼 후일을 의식할 수 없다. 그러므로 항상 염두에 두고 생활하는 자세가 필요하다. 결혼하고 출산하고 집을 마련하고 경제적으로 벅찬 일들이 많다. 그럼에도 이제는 젊은 시절부터 노후를 준비해야 한다는 사전교육이 필요하다. 연금제도가 있지만 만족스럽지는 않다.

그림의 떡

아침 센터의 생활실은 각자의 댁에서 오신 어르신들로 분주하다. 스타렉스 3대로 거의 비슷한 시간에 도착한 어르신들의 모습은 다양하다. 소파에 앉아서 기도하는 어르신, 도착하자마자 생활실 내를 돌아서 운동하는 어르신, 운동하는 어르신 3~7명이 쭉 줄을 지어서 운동하는 어르신을 따라서 30여 바퀴를 도는 어르신도 있다. 어르신은 운동을 마친 뒤 아침 신문을 본다. 핸드폰에 이어폰을 꽂고 음악을 듣는 어르신도 있다. 하지만 대부분은 TV를 본다.

오늘 아침에도 TV에서 조영남의 노래가 신나게 울리고 있었다. 그때 여자 요양보호사가 출석 체크에 나섰다. 요양보호사는 노래를 중지하려고 TV 리모컨을 들고서는 어르신들께 "조영남이 좋아요, 아니면 여기 있는 내가 좋아요?" 하고 물었다. 생활실이 조용하다. 이때 95세 여자 어르신이 "양짝 모두 좋아…." 했다. 또 다른 어르신 TV에 나온 조영남을 보면서 "조영남은 그림의 떡여." 한다. 어르신들 이구동성으로 "맞아." 한다. 양짝 모두 좋다고 하신 95세 어르신이 묵주를 들고 "모두들 사랑해…!" 하신다. 오늘도 이렇게 하루를 시작한다.

헛말이라도 습관으로 '사랑'이란 단어를 입에 달고 사시는 어르신

은 항상 낙천적이다. 그 어르신은 자주 중얼거린다. "언제 죽을지 모
르는데 얼굴 붉히며 살 필요 있나…." 어르신들을 지켜보면서 살아
오신 연륜을 통한 말씀 한마디 한마디가 가슴에 다가오며 진한 감동
을 안긴다. 특히 치매를 앓고 있는 어르신들이라는 점에서 더욱 감동
적이다.

어르신들의 눈치는 10단이다. 삶을 통해서 축적된 경험과 처한 현
실을 견뎌온 인고의 결과물이다. 어르신들을 통해서 처세를 순리적
으로 배운다. 내가 작가라면 어르신 한 분 한 분을 통해서 각각의 드
라마를 준비할 수 있을 것 같다. 작가가 아니라는 것이 다행이지 싶
다. 100년 가까운 세월의 껍질을 통해 누적된 구수한 지혜의 맛을
어찌 쉽게 잊을 수 있을까?

산은 봉우리를 바라본 것만으로는 만족할 수 없다. 산은 정상까지
땀을 흘리며 올라갈 때 비로소 그 맛을 느낄 수 있다. 인생의 봉우리
는 하나로 만족할 수 없다. 여러 조각으로 분리된 삶의 편린(片鱗)들
이 모여 형성되는 것이 인생이다. 여러 겹으로 덧 씌워진 인생의 껍
질들이 한 꺼풀씩 풀려갈 때마다 삶의 진수를 느낀다. 치매를 앓고
있다고 해서 그 삶의 기억들을 무시할 수는 없다. 인간들의 삶에서
치매는 불편한 장애다. 하지만 치매 이전의 삶에 대해서는 너무나 구
체적으로 기억하고 있다는 게 놀랍다.

저니 죽지 않았어?

　남자 어르신들은 주로 뉴스를 좋아한다. 하루 종일 신문만 붙들고 계신 어르신도 있다. 자신의 사회적인 관록을 상대의 눈치는 아랑곳하지 않고 종일 늘어놓는 어르신도 계시다. 여자 어른들은 군대 이야기를 가장 싫어한다. 계속해서 사회 이야기를 하다가도 어느새 군대 이야기로 돌아가기도 한다. 점심시간을 마치면 남자 어르신들은 말이 통하는 서너 명이 사회 이야기를 하고, 그렇지 않은 남자 어르신들은 졸거나 계속해서 신문을 보거나, 조각 맞추기 등 다양한 방법으로 시간을 보낸다. 반면에 여자 어르신들은 다르다. 남자 어르신들은 개별적이거나 소수가 모이지만, 여자 어르신들은 집단적인 경우가 많다. 이처럼 남녀 어르신들 사이에 선호도가 다르다.

　여자 어르신들은 음악감상을 좋아하신다. 특히 최신 노래를 선호하신다. 전국노래자랑은 단골로 트는 프로그램이다. 가장 최근 것을 우선 틀지만, 몇 달 전 것을 트는 경우가 있다. 몇 달 전이면 자연스럽게 송해가 등장한다. 송해가 등장하면 한편에서 "저니 죽지 않았어?" 하고 웅성거린다. 하지만 크게는 하지 못한다. 연세가 많다 보니 일정 부분 자신의 경우도 비춰보시는 듯하다.

　자신의 것이 좋은 경우라면 몰라도, 죽음과 관련되면 숙연해진다.

죽음은 나이와 관계없는 것 같다. 생명의 끝은 반복되지 않는다. 그 것으로 끝이다. 그러니 숙연해질 수밖에. 낙엽은 시간이 지나면 다른 모습으로 반복된다. 그것도 1년이란 기간을 중심으로 그래서 단명한 것은 반복된다. 하지만 생명이 길면 반복이 어렵고 확인할 수도 없 다. 그러기에 숙연해지는 것은 아닐까?

2022년 12월 4일 8번째 생일

CBS를 사직하고 뜻을 둔 일에 실패했다. 그때가 2015년이다. 뜻을 세우기 위해서는 CBS를 사직해야 했다. 그래서 2014년 12월 31일 자로 CBS를 사직했다. 목적 달성을 위해 전력을 다했다. 하지만 실패했다. 그날이 2015년 5월이었다. 나는 좀 지체하다 미련 없이 CBS를 잊었다. 마침 근무지를 옮기기 위해 쉬고 있던 집사람과 함께 제주로 떠났다. 서귀포에 있는 천주교 피정 시설에서 이틀을 보냈다. 그리고 하루에 20km씩 서쪽으로 걸었다. 걸으면서 앞으로 무슨 일을 할지에 대해서 집사람과 고민했다.

우선은 개인사업을 하기로 했다. 30년 직장생활을 한 결과로 얻어지는 것은 그 직장을 떠나면 사라지고 만다. 60이 넘은 나이에 다른 사람의 사업에 관여하고 싶은 생각이 없었다. 그리고 죽을 때까지 할 수 있는 사업을 하기로 했다. 그 일은 사회복지와 관련된 일이다. 이를 위해 이미 사회복지사 자격을 취득했다. CBS대전보도국장 시절 주변의 도움으로 고려대 조치원분교 인문정보대학원(현 사회복지대학원)에 입학했다. 그리고 사회복지사 1급을 취득했다. 1998년 9월 학기에 시작해 2000년 8월에 학위과정을 마쳤다. 사회복지사 자격증이 나의 일을 할 수 있도록 도왔다.

　사회적으로 의미 있는 일을 하기로 했다. 그 일이 지금하고 있는 장기요양사업 중의 일부인 주야간노인보호센터, 즉 데이케어센터다. 작은아들과 함께 사업 장소를 구하러 다녔다. 다니기 전에 통계청 홈페이지에 들어가 노인인구 현황부터 파악했다. 노인인구가 많은 서울 강서구부터 돌았다. 60여 개 건물을 돌았다. 그런데 건물주의 동의를 얻기는 쉽지 않았다. 반대 이유는 노유자시설을 건물에 들이면 건물이 지저분해진다는 이유였다. 이런 이유를 안고 마지막으로 접촉한 곳이 현재 입주한 건물이다. 유명했던 '부산횟집'이라는 건물이다.

　건물을 계약한 것이 2015년 9월 14일이다. 계약 내용은 건물 5층 111평 전부다. 부산횟집은 건물 5층 모두 횟집으로 이용했던 곳이다. 우리가 계약한 5층 일부에는 냉동창고가 있었다고 한다. 우리 앞에 골프연습장이 계약했었다. 그런데 드라이버를 휘두를 수 있는 층고가 나오지 않아 해약 후 소송 중이었다. 우리가 입주하려고 할 때는 5층에는 건물 잔해물들은 이미 철거된 상태였다.

　입주 전 보일러 설치를 위해 바닥 평탄화 작업을 해야 했다. 바로 밑에 층 헬스장과 작업 소음으로 자주 갈등이 있었다. 별거 아닌데도 핏대 올리며 문제를 제기했다. 작업은 한 달 보름 정도, 10월 말이면 완성할 줄로 알았는데 1개월이 더 소요됐다. 설치하고 서울 양천구청으로부터 장기요양기관 지정서와 필증을 받는데 2개월 보름이 걸렸다. 그날이 2015년 12월 4일이다. 올해는 8번째 생일이다. 12월

4일은 주일이어서 12월 5일에 생일 잔치를 하기로 했다.

올해는 떡을 해서 돌리기로 했다. 내가 농사지은 쌀 60㎏으로 떡을 만들었다. 그리고 센터를 이용하는 어르신 보호자들에게 한 덩이씩 돌리기로 했다. 우리가 입주한 건물에 있는 사업장들 그리고 사업을 하면서 신세를 진 목동어르신복지관, 양천 시니어클럽 등에 떡을 돌리기로 했다. 이는 고마움을 표하는 것이지만 홍보 수단이기도 하다.

데이케어를 운영하면서 느낀 일이지만 보호자들은 문제가 닥쳐야 해결을 위해서 우리를 찾아온다. 당해야 찾는다. 사회복지기관이 적절하게 이용되기 위해서는 이를 위한 홍보와 교육이 필요하다. 사회복지는 어릴 때부터 교육돼야 한다. 복지국가는 스스로 복지국가의 일원으로서 자격을 갖추기 위해서는 교육이 필요하다. 사회복지는 필요하면 제공되는 것이 아니라 어릴 때부터 훈련이 필요하다.

모르셨어요?

2022년 11월 초에 친구 아들이 결혼한다고 카톡으로 청첩장을 보내왔다. 아들이 결혼하는데 친구가 보내지 않고 아들이 보내와서 궁금했다. 그 친구는 작년 4월인가 문자를 보내왔다. 내용은 '췌장암으로 고생한다'는 내용이었다. 만나고 싶었지만 코로나 때문에 병원 방문은 못 하고 전화로만 통화했다. "잘 견뎌내고 코로나 조용해지면 얼굴을 보자" 하고 전화를 끊었다.

감이 좋지 않아서 친구 아들에게 문자를 보냈다. "아버지 건강은 어떠신가?" 하고, 아들은 "모르셨군요? 하늘나라로 가셨습니다."라고 감정 없이 간결하게 답장이 왔다. 혼자서 서글펐다. 친구들이 내 주변을 떠나고 있으니 그리고 연락 좀 해주지 않고… 서운했다. 그리고 후회도 됐다. 작년에 문자 왔을 때 코로나 상황이더라도 찾아가 병문안하고 얼굴이라도 볼걸

아, 이런저런 생각이 들었다. 이제 그 친구는 떠났다.

그 친구는 소방업체를 운영했다. 내가 데이케어센터를 준비할 때 찾아와서 스프링클러를 완벽하게 설치해 준 친구다. 소방과 관련해서 의문이 생기면 수시로 물었던 나에게는 소방 부문 선생이었다. 그 친구는 4월 30일 하늘나라로 갔다.

친구 아들의 결혼은 주일이었다. 나는 주일날 결혼하면 거의 가지 않았다. 계좌이체를 했지만 그래도 슬펐다. 그리고 친구 아들 카톡에 "아빠 핸드폰 전화번호로 아버지 부음을 전해주지 않았느냐." 한 마디 하려다 그만두었다. 사실 나는 그 친구와는 학교 친구가 아니라 사회 친구여서 나를 기억하는 사람이 연락해 주지 않으면 무소식이다. 그래도 친구 아들에게 아버지 문상을 못 해서 미안하다고 한 문장 보냈다. 그래도 참 답답했다. 친구의 모습이 눈앞에 선하다. 자기 어머니가 권가여서 나를 유난히 좋아했던 친구다.

먼저 간 친구

어젯밤 꿈에서 친구의 모습이 보였다. '갑자기 왜?' 했었는데, 오늘이 기일인가보다. 페이스북에 1년 전 올린 글이 나를 찾아왔다. '저렇게 하려고 그랬나?' 안타까운 생각에 마음이 저민다. 친구는 재산이 상상할 수 없을 정도로 많았다. 스스로 조 단위라고 했다. 그래서인지 격을 따졌다.

나는 가끔씩 그 친구를 볼 때마다 이런 생각을 했다. '친구는 나를 격에 맞아서 만나고 그렇게 자주 전화하고 민원을 부탁했나' 하는 그런 생각. 아무튼 그는 하늘나라로 갔다. 언젠가 나도 가겠지만 안쓰럽고 좀 아쉬운 부분도 있다. 재산이 많으니 사회복지와 청소년에 대해 관심을 가져달라고 했었는데 반응은 없었다. 지금 생각해 보니 내가 그 일을 하고 있다.

나는 기회가 주어진다면 미혼모 운동을 청소년 문제와 함께하고 싶다. 미혼모는 물론 그 자녀들에게도 관심을 두고 운동을 병행하고 싶다. 그 친구는 갔지만 그 많은 재산을 어디에 두고 갔을까? 나한테는 자기 재산이 조 단위 재산이라 했는데… 아무튼 그곳에서 잘 지내고, 나도 이 소풍이 끝나면 가리다.

그때 그곳에서 우리 봅시다.

가지 않은 길 1

노란 숲속에 두 갈래 길 나 있어,
나는 둘 다 가지 못하고
하나의 길만 걷는 것 아쉬워
수풀 속으로 굽어 사라지는 길 하나
멀리멀리 한참 서서 바라보았지.

그러고선 똑같이 아름답지만
풀이 우거지고 인적이 없어
아마도 더 끌렸던 다른 길 택했지.
물론 인적으로 치자면 지나간 발길들로
두 길은 정말 거의 같게 다져져 있었고 ,

사람들이 시커멓게 밟지 않은 나뭇잎들이
그날 아침 두 길 모두를 한결같이 덮고 있긴 했지만
아, 나는 한길을 또 다른 날을 위해 남겨두었네!
하지만 길은 길로 이어지는 걸 알기에
내가 다시 오리라 믿지는 않았지.

지금부터 오래오래 후 어디에선가

나는 한숨지으며 이렇게 말하겠지.

숲속에 두 갈래 길 나 있었다고, 그리고 나는…

나는 사람들이 덜 지난 길 택하였고

그로 인해 모든 것이 달라졌노라고.

로버트 프로스트(1874~1963)의 시다. 시인의 〈가지 않은 길〉은 고등학교 시절 교과서에 실린 시여서 누구나 한 번쯤 구체적인 내용을 공부한다. 시의 내용과 시를 썼던 시인의 성장 과정과 시인이 살았던 배경 등에 대해서 자세하게 학습한다. 그래선지 〈가지 않은 길〉은 친숙하다.

하지만 60이 넘어서 30여 년 다녔던 직장을 퇴직하고 읽은 시의 맛은 다르다. 고등학교 때 국어 선생님은 이 시를 설명하면서, 살기 위해 선택한 길 외에 또 다른 길들이 있는데 항상 선택하지 않은 그 길을 그리워하며 산다고 강조하셨다. 60이 넘어 직장을 퇴직하고 읽은 〈가지 않은 길〉의 맛은 10대 청소년 때와는 다르다. 청소년 때는 먼 이야기, 나와는 관련이 없는 이야기로 들렸다. 이제 선생님의 설명이 바로 이런 의미였구나 하며 40년이 넘어서 새삼스럽게 깨닫는다.

사람들은 가지 못한 길을 그리워하며 사는 것 같다. 나만 그런 것은 아닐 것이다. 지금에 와서 그때 다른 그 길을 선택했다면 지금 어찌 됐을까? 궁금하다. 사람은 많이 경험하면 익숙해진다. 직장생활을 비롯한 삶이란 것도 마찬가지다. 새로운 그 길들을 다양하게 경험했더라면 60살이 넘어 퇴직 이후를 그다지 두려워하지는 않았을 것이다. 사람들은 대부분 정년 이후를 '대충 살지.' 하면서 대수롭지 않게 생각하는 것을 보았다. 그리고 정작 퇴직 후 한두 해는 잘 견디는 듯했다. 오래는 버티지 못했다. 그리고 앞으로의 삶을 두려워했다. 두려워한 나머지 생을 달리한 경우도 있었다.

평균 수명이 길어지면서 정년 이후 적어도 30년 정도를 대부분 더 살아야 한다. 2, 30대 젊은 시절에 패기로 직장을 선택하지만 나이가 들어서는 할 수 있다는 자신감만으로는 어려울 수가 있다. 그렇다고 평생을 제2의 인생을 위해 준비할 수는 없을 것이다. 물론 제1의 인생에서 하던 일을 제2의 인생에서도 연장해서 할 수만 있다면 금상첨화겠지만, 연결되는 일이 그리 쉽지만은 않은 것이 현실이다.

가지 않은 길 2

1. 내 이름으로 된 사업을 한다.
2. 평생을 죽을 때까지할 수 있는 일을 한다.
3. 사회적으로 의미 있는 일을 한다.

60이 되고 보니 자주 '정년하고 무엇을 하지?' 하고 자문한다. 내 주변 친구들은 이미 정년퇴임을 했거나 코앞에 두고 있다. 친구들을 만나서 나누는 대화의 대부분은 '은퇴 후의 생활'에 대한 문제다. 그에 대해 이야기를 나누다 보면 지금까지 해 온 일들은 허공에 뜨는 듯한 느낌을 받게 된다.

퇴직 때까지 반복적이고 습관적으로 익숙한 길에서 떠나야 하는 불안과 낯섦에 대해 긴장한다. 누구나 은퇴가 임박하지 않고서는 생각하기가 쉽지 않다. 또한 '은퇴 후의 삶'이라는 청사진을 스스로 그려내기란 쉽지 않다. 우선 부지런해야 한다. 여기저기 다니면서 성공한 사람뿐만 아니라, 실패한 사람들의 경험도 경청해서 자신에게 어울리는 청사진, 즉 그림을 그려나가야 한다. 그런데 그림을 그리다 꿈을 이루지 못하는 사람도 있다. 그렇더라도 시도하는 것이 시도하지 않은 것보다 더 나은 삶이다.

삶에서 은퇴의 순간은 불안하다. 이런 생각들은 설문조사에서도 잘 나타난다. 영국의 HSBC은행은 세계 17개국의 성인들을 대상으로 『'은퇴'를 생각하면 무슨 단어가 떠오르는가?』라는 주제로 설문조사를 했다고 한다. 결과를 보면 국가별로 떠오르는 단어가 다르다는 것을 파악할 수 있다. 우리나라 사람들은 '경제적 어려움, 두려움, 외로움, 지루함'이라고 답했다. 반면에 선진국에서는 '자유, 만족, 행복'이라는 단어로 답했다. 선진국은 연금을 비롯해 노인복지 제도가 튼실하고 건전하게 자리잡혀 있기 때문이라고 생각한다. 반면에 우리나라는 불안한 연금제도, 부족한 노인복지 제도 등이 반영된 것으로 볼 수 있다. 문제는, 다른 나라에 비해 우리나라 은퇴자들이 느끼는 무게가 더욱 크다는 점이다.

'은퇴가 두려운 이유'로 우리나라 은퇴자 61%는 '은퇴자금의 부족'을 들었다. 반면에 싱가포르는 42%, 우리나라보다 소득 수준이 낮은 말레이시아가 38%, 인도와 중국이 26%였다. 아시아의 4마리 용으로 불리는 홍콩이나 대만도 각각 20%와 18%가 은퇴자금의 부족을 선택했다. 은퇴가 두려운 이유로 인식하는 정도가 우리나라보다 매우 낮은 값이 나온 것이다.

은퇴자금의 부족만이 두려움의 원인이었을까? 은퇴 시기인 60대 초반의 가장은 자녀들의 혼사를 준비하거나 앞두고 있다. 자녀들의 혼사는 '가정 대 가정' 간에 이루어지는 대사(大事)다. 간단하게 넘길 수 없는 일이다.

가장의 은퇴는 경제적인 역량에 따라 집안 분위기가 달라질 수 있다. 가장이 은퇴할 시기에 자녀들은 취직이라는 관문을 통과해야 한다. 경제적으로 여유가 있어야 사회적인 운신의 폭도 확대된다. 시작이 좋아야 은퇴 후 경제적인 문제를 해결하는데도 어느 정도 유리하게 담보할 수 있기 때문이다.

'은퇴와 취직'은 직장(일터)라는 공간에서 '퇴장과 입장'이라는 양면성을 갖는 존재 방식이다. 또 사람과 가정, 사회와 국가가 존재하기 위한 가장 기본적인 장치다. 그래서 부모는 은퇴하고 자녀는 취직해서 가정의 지속성을 유지하는 것이다. 그러나 가장은 은퇴하지만 자녀가 취직하지 못하면 지속성의 측면에서 불안해진다.

취업으로 제2의 삶을 영위하는 은퇴자는 다행이다. 그럴 수 없는 은퇴자는 연금에 의지할 수밖에 없다. 연금이 적을 뿐만 아니라 미래를 보장할 수 없다면 불안할 수밖에 없다. 이것이 우리의 현실이다. 우리나라 사람들은 대부분 국민연금에 가입하고 있다. 직군에 따라 군인연금, 공무원 연금, 교사들의 사학연금, 직장인들의 국민연금 등으로 구분할 수 있다. 국민연금을 제외한 군인연금이나 공무원 연금은 부족한 자금을 재정에서 지원한다. 국민연금 재정은 근로자와 사용자가 부담하는 구조이기 때문에 재정의 안정적인 측면에서 불안한 것은 사실이다. 그러나 연금 재정의 고갈을 심각하게 염려할 필요는 없다.

국민연금 재정의 고갈 문제는 학자들이 자주 거론하는 연구과제다. 국민연금 재정의 고갈문제가 거론될 때마다 재정지원 방안이 거론되고 있다. 정부도 여론을 반영해 국민연금에 대해서도 재정에서 지원하는 방안을 긍정적으로 검토하고 있다. 노후문제는 취업으로 해결하는 것이 바람직하지만 젊은 시절부터 대비하는 유비무환의 교육이 필요하다.

미국의 경우 젊은이들이 결혼과 함께 은퇴자금을 모으기 시작한다고 한다. 미국 근로자 중 노후를 준비하지 않는 사람은 14%라고 한다. 국민 대부분이 은퇴 준비를 하지 않는 우리나라와 비교하면 격세지감이다. 스스로 노력하지 않고 오직 국민연금만 바라보며 연금 재정의 고갈만을 걱정한다.

어린 시절부터 직장을 구하는 문제와 은퇴 후 어떤 삶을 살아갈지를 구상하도록 하는 것은 중요하다. 교육을 통해서 제1의 삶과 제2의 삶을 구상하도록 해야 한다. 장기적인 안목에서 은퇴자금을 준비하는 것은 중요하다. 미국 근로자들의 근로기간은 평균 35년이라고 한다. 선진국들의 평균 근로기간보다 5년 정도 더 일을 한다. 미국인들이 부지런해서가 아니다. 5년 동안 은퇴자금을 더 마련해야 하기 때문이라고 한다. 미국인들은 은퇴자금 마련하는 기간을 대략 5년에서 7년 정도 걸리는 것으로 추정한다. 대비하지 못한 은퇴는 불안하고 자유롭지도 않다. 가지 않은 길, 경험해 보지 못한 길이기 때문이다.

가지 않은 길 3

　우리 사회는 고령사회와 저출산문제가 중첩적으로 작용하고 있다. 고령사회를 지탱하기 위해서는 출산율이 높아야 한다. 정부가 많은 예산을 투입해서 출산율을 높이기 위해 노력하지만, 출산율은 오히려 하락하고 있다. 무엇이 문제일까? 고령사회를 우리보다 먼저 경험한 선진국들의 경험과 노력을 타산지석으로 삼아야 한다.

　출산율을 높이기 위해서는 국가가 적극적으로 나서서 태어나는 아이들을 책임지는 사회가 되어야 한다. 태어나는 아이들을 가정에, 특히 여성에게만 맡기는 전통적인 사고에서 벗어나지 않으면 해결할 수 없다. 미혼모와 미혼부에 대한 적극적인 배려도 있어야 한다. 미혼모의 경우 아이를 돌보며 경제활동까지 하기에는 감당해야 할 역할이 복잡하고 어렵다. 정부 차원의 적극적인 정책으로 아이를 돌보고 성장시킬 수 있는 시스템이 갖춰져야 한다. 미혼모가 정상적인 생활을 통해 건강한 가정을 꾸릴 수 있도록 해야 한다. 미혼부의 경우도 마찬가지다.
　저출산문제는 어느 한 계층에게만 속한 문제가 아니다. 사회 전반의 문제다. 제도적인 장치는 기본적으로 갖춰져야 하는 기본 중 기본이다. 낙태는 법적으로 합법화되는 쪽으로 가고 있다. 합법적으로 이뤄지는 낙태는 한 해에 34만여 건에 달한다. 불법적으로 이뤄지는 낙태는 추정이 어려울 정도라고 한다. 정부는 출산율을 높이기 위해 10여 년 동안 300조 원 가까이 투입했다. 하지만 국민의 마음을 유도하는 제도로서는 실패했다.

정부는 국민들의 마음, 즉 젊은이들이 고민하는 핵심을 파악해 내려는 노력이 필요하다. 핵심은 돈이 적게 드는 주거문제, 학업문제, 그리고 취업문제라고 생각한다.

저출산문제는 국가의 영속성과 관련이 있다. 백년대계(百年大計)라는 말이 있지만 저출산문제를 해결하지 않고는 결코 이룰 수 없다. 출산율 저하와 고령사회의 문제는 양립적이지만 반드시 해결해야만 하는 국가적 대계다.

여기가 우리들의 친정여!

권주만 지음

발행처   도서출판 **청어**
발행인   이영철
영업   이동호
홍보   천성래
기획   남기환
편집   이설빈
디자인   이수빈 | 김영은
제작이사 공병한
인쇄   두리터

등록   1999년 5월 3일
          (제321-3210000251001999000063호)

1판 1쇄 발행 2024년 5월 20일

주소   서울특별시 서초구 남부순환로 364길 8-15 동일빌딩 2층
대표전화 02-586-0477
팩시밀리 0303-0942-0478
홈페이지 www.chungeobook.com
E-mail   ppi20@hanmail.net

ISBN   979-11-6855-248-7 (03810)